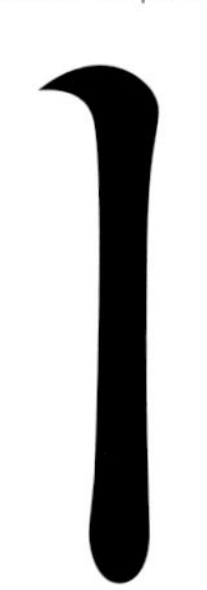

筆沢鷹矢

TAKAYA FUDESAWA

Non United GAN
Artificial Repository

ヌガー(AI アシスタントの)ヌガーは AI による会話サービスの総称。スマートフォン(注)、その他各種デバイスに搭載され、のちに基本ソフトに統合された。Non United GAN Artificial Repository = NUGARという名称は商用サービス化後に付けられた。元々は開発コードネーム。後年 GI 社 CEO となるデビット・タネンの手に渡るまでは Chatbot-プロト1という名前で運用されていた。注液晶ディスプレイに覆われた手のひら程度の大きさの端末。ディスプレイが静電式タッチパネルになっていることが多く、指で直接触れることで操作をした。触れた際の触覚フィードバック等はなく、誤動作が多かった。使用時にユーザーの視覚を奪うため、利用中の事故が絶えなかった。開発の経緯ヌガーは四人組によりその基礎が開発され、GI 社がそれを買い取り、商用化、実用化した。原型はモスラ社の AI であり、同社により多数の訴訟が繰り返されたがいずれも棄却されている（注1）。2030 年にシステム障害（注2）によりサービスが終了（注3）している。注1コア部分のソースコードの一致性が論点となったが、いかなる測定法を用いても 50%に満たないために流用であるとは認められない結果となっている。注2「ヌガーの沈黙」と呼称されるこの障害により GI 社の株は最高値の半額まで暴落した。注3「監視者」の時代はヌガー及び GI 社が提供する正式サービスではない

幻冬舎MC

ヌガー

カバー 3DCG：三島良太

カイ・ソル・イェン・デヴァナミカは結婚を間近に控えていた。

彼の一日は、巨大都市ハイペリオンの曇った空に覆われた朝から始まる。彼はベッドから起き上がり、自宅の空気浄化システムが稼働する音を聞きながら、簡素な朝食を取る。ネクサメド社のノリッシュ98はその名の通り98種類の栄養素を詰め込んだ機能的なエナジードリンクである。カイはそれをさっと飲み下してこめかみに手を触れる。頭部に装着されたセンサーがそれを感知し、朝のニュースが彼の脳内に流れ込む。

第十二世代自立型AIネオスターク十二世と暫定共和党党首イレーナ・カイルによる共同統治の開始から二ヶ月が過ぎたが未だに貿易赤字の解消の目処は立たない。AIナノクラスタの原型モデルを華夏帝国に依存しているのが根本原因だが、表層の問題である物価上昇にのみ議論が行くのは過去の政権から一向に変わらぬことであった。

皮肉なニュースもあった。宇宙船の制御技術に応用可能な高度なロボット工学の権威であったシン・エンシャオが天下り先の企業で開発中だったセクサロイドとの駆け落ちについて彼の妻が国を訴えた件である。AI裁判官はこの訴えを「極めて理不尽かつ遺憾」と判定した。国民の賛同率は98%だった。

勤勉な情報分析官であるカイは、ニュースの摂取をほどほどに切り上げて、脳とコンピューターを直接繋ぐインターフェー

スを使い、その日の業務を開始する。彼はこの仕事を通じて、結果的に国家体制を維持するための情報収集に貢献している。

その日の解析は某国の南極調査隊が発見した資材の調査であった。彼はそれを先月から継続しており、単調な解析作業にうんざりしつつも婚約者のナオ・エクソ・バイ・シェラ・アストラゼフィとの夜の邂逅をより有意義なものにするべく、作業に集中する。

解析自体は単調であったがここ数日のうちに不明であった箇所が芋づる式に明確になり、全体像が明確になってきたために目下彼は中間報告をまとめていた。

WikiSapienceへようこそ

WikiSapienceは誰でも編集できる無料の百科事典です。

私たち世界遺跡保護財団は、WikiSapienceを通じて、世界中の人々に知識と情報を提供し、教育の機会均等を推進する使命を持っています。WikiSapienceは、その独自性と総合的な知識のプラットフォームとして、人類にとって非常に重要な役割を果たしています。
私たちの活動は、あなたのような寛大な支援者のおかげで可能となっており、私たちのプラットフォームの維持と発展に大変感謝しています。ただし、現在の世界の状況と知識の急速な発展に対応するために、更なる支援が必要です。

世界遺跡保護財団は、WikiSapienceを持続可能で質の高い情報源に保つことを誓っています。そのためには、皆さまの継続的な支援が不可欠です。私たちの情熱は、知識の探求と普及にありますが、皆さまの寄付がこの目標を達成するための燃料となります。
どんなに小さな寄付でも、その全てが重要であり、私たちが人類に貢献し続けるための力となります。あなたが私たちの使命に共感し、今後もWikiSapienceを支援していただけることを心から願っています。
どうか、皆さまの温かい支援をお願い申し上げます。世界遺跡保護財団とWikiSapienceで、一緒に明るい知識の未来を築いていきましょう。
世界遺跡保護財団では、様々な決済方法で寄付を受け付けております。以下のURLからアクセスし、お好みの方法で寄付をお願い致します。

http://www.wikisapience-foundation-10kbc.org/donate

このURLで提供されている決済方法には、Payflexのようなオンライン決済サービスや、分割払い、リボ払いなど、多様な選択肢が用意されています。

カイはこのアドレスが当然のことながら現代では機能していないことを念のため確認した。そして冒頭の言い訳じみた説教の解析はそれくらいにして各章や項目のとりまとめに移った。

エドワード・グルーバー

エドワード・グルーバーはアメリカの実業家、犯罪者。1998年10月生まれ、2058年11月ワシントン・サイバーパージ刑務所にて死亡。エドワードは史上最高額の90億ドル相当のビットコインを盗み出して闇サイト（ダークウェブ）で売買した。2029年トーランス（ロサンゼルス）のカフェ、スター&バックスでFBI捜査官ハミルトンに現行犯逮捕された。逮捕当時エドワードが使用していたパソコンはThink-Pad X13。

人物

フィラデルフィアの名門プリンストン・エリート・アカデミーを主席で卒業後、カリフォルニア州立ノヴァックス大学に進学。同大学で数学を専攻。在学中にダークウェブ(注)の設立と運営に没頭する。

卒業後、ネクサスというソフトウェア開発会社に入社。ここで日本企業である「D3」からの発注を受けて開発を行っていた。

自身が運営するダークウェブが軌道に乗った頃にネクサスを退社した。

人柄は社交的で、逮捕後の取り調べの際には終止積極的に発言をしたという。

母親を幼少期に亡くし、父と二人の生活を送っていた。このことが影響したのか逮捕後の精神鑑定では女性に対する極端な恐怖心があると診断されている。

不正アクセスにより入手した90億ドル相当のBTCはおよそ

半分がダークウェブにて取引され、残りは手付かずのままだった。当局は犯人が追跡を逃れるために相当数のウォレットに分散させていると睨んでいたが、捜査の結果それが限定的なごく少数のアドレスにのみ保管されていることが判明した。この理由についてエドワードはただ一言「ゲーム（HyperRealms 製造・販売はバーチャル・テック）に夢中だった」と答えている。

注　エドワードが運営していたダークウェブはRSA暗号やElGamal暗号を駆使した秘匿性の高いセキュリティを売り物とし、かつ、数百万点の商品（合法、非合法含む）を取り扱うことで「ブラックマーケットのebay」と称された。

職歴

バーチャル・テック（ソフトウェア開発会社）：インターンで一週間勤務。

ネクサス（ソフトウェア開発会社）：卒業後に就職。2024年退社。退社時の役職は上級システムアーキテクト。

スカイマーケット（ネットオークション会社）：2025年設立。ダークウェブの表向きの顔としての会社。同CEO。

犯罪歴

ビットコインの窃盗以外にも、盗品とされている骨董品の売買や、企業への不正アクセス、ハッキング、ランサムウェアの開発、売買などにより懲役905年の判決が出ている。

ハッキング手法

〈「監視者」により削除〉

逮捕の瞬間

エドワードの逮捕に関しては不明点が多い。

彼は2029年にトーランス郊外のスター&バックスで逮捕された。FBIの報告によればその時点でエドワードの自宅の住所まで特定していたことになっているが、逮捕現場に居合わせた目撃者の話ではエドワードと客の男が口論を始めて喧嘩に発展したところ、たまたま居合わせた警察が取り押さえた。この目撃者の証言には信憑性があり、本人のSNSでも写真付きでその件が語られている。

一方FBIは当初、それに対抗する形で捜査資料を公開し、逮捕は計画的に行われたとしている。しかし後に捜査官ハミルトンによる単独囮捜査であったことを公表した。ハミルトン本人はこの件については一切語らず、2031年にはFBIを辞職している。

余罪

彼はビットコインとは別に、入手経路不明な骨董品数点をダークウェブに出品、売買していた。当初FBIはこの件の詳細を調査していなかった。

骨董品の一部の「石板のようなもの」の製造年はのちに一万年前（誤差百年以内）と推定され、話題となった。FBIはこの鑑定結果を疑問視している。

「石板のようなもの」は「モノリス」と称され、新たなオーパーツ[注]として一部の好事家に注目された。

注　発見された場所と製造年代の整合性が不一致とされる出土品、遺跡。代表的な例としては、アンティキティラ島の機械、聖徳太子の地球儀、などがある。

D３

日本の企業。Ｄ１、Ｄ２と並ぶ御三家の一つ[注]。インターネットに関わるインフラやソフトウェア開発、運営事業を営む。

注　日本の情報産業を支える３社。略称ではなく正式名称であり、株式の銘柄もそれで表現されている。

概説

1998年の設立から経営破綻の2008年まで新卒就職希望会社ランキングは毎年上位であった[注]。

Ｄ３は元々スマートフォンの開発や販売、有望なベンチャー企業の発掘、企業のＭ＆Ａを行っている会社であったが、2008年のリーマンショックで株価が暴落、経営破綻し、政府による再整理対象となっていた。三度経営者交代を繰り返し2018年に12年ぶりの黒字転換を果たした。これは当時社長を務めた日高による大胆な事業方針転換によるところが大きい。

2034年には日経平均株価構成銘柄に復帰し、翌2035年には過去最高益を出している。

注　社内報より、当時の新卒社員のコメント「とにかく他の会社に就職した同期に自慢したいです。Ｄ３は世界最高の企業です。これは間違いないですね。とにかく夢がグローバルで、スケールが半端ない。どこまでもプロフィットが確約されているし、リスクも最小限です。親は反対していましたけど、今では味方です。ここでどんどん自分の価値を高めていきたいですね。やりがいがある仕事だったら残業だって苦にならないですよ。文句言ってる奴は、仕事を楽しめてないんじゃないですか？」

事業

インターネット回線事業「Ｄ３ＢＢ」
ポータルサイト「Kahoo」運営
ネット証券取引「Ｄ３証券」
ネット仮想通貨取引「Ｄ３コイン」

エドワード事件

アメリカ人エドワード・グルーバーが窃盗したビットコインの大半はＤ３が運営する「Ｄ３コイン」の個人口座のものだった。被害者は国内外合わせて二百万人にのぼった。

これについて当初Ｄ３は社内関係者による犯行と推測し警察と調査を進めたが犯人の特定には至らず、外部の人間の犯行の可能性を認めざるを得ない状況となった。

エドワードが逮捕されるまで日本側では容疑者すら割り出せ

ないでいた。被害の深刻さからアメリカ司法省はFBIによる日本での捜査協力を提案したが日本政府がこれに難渋を示した。

当時のＤ３はその生産性の悪さから「Ｄ３コイン」の国内での開発を断念し、海外への委託を始めたところだった。当初はアジア、インドが中心だったが、コア部分の勘定系基幹システムについてはアメリカ、ヨーロッパの高い技術力を持つ会社に依存するようになった。その一社がエドワードが勤務するネクサス社であった。

エドワードは当時北米のCitizens National Bankを担当していた(注１)。

Ｄ３の描いた勘定系基幹システムの中枢となったのは暗号通貨取引システムのリアルタイム・トランザクションにおける手数料計算と通貨換算周りの高速演算処理だった。ネクサス社が本件を受注した当初は古株エンジニアのＳが担当する予定であったが、諸事情(注２)によりエドワードが代理で担当することとなった。

エドワードは要求された仕様の全貌を異例の速さ（Ｄ３談）で理解し、着手して数日で完成させてしまった。Ｄ３が懸念していた二重化構造における致命的なバグ（遅延書き込みによる整合性問題）も出ず、Ｄ３はエドワードを高く評価(注３)し、他の領域も任せるようになった。

これによりエドワードは「Ｄ３コイン」の全ソースコード（プログラム）を手に入れ、それを改善する権限を得た(注４)。

当時のＤ３のマネージャーは全て日本人で、彼ら自身がソースコードやドキュメント等の成果物のチェックを行っており、「穴が開くほど入念に」（Ｄ３談）変更されたソースコードの差分を確認した[注５]。

エドワードがバックドア（システムに仕掛けられた裏口のようなもの）を仕込んだのはこの時であった[注6]。Ｄ３は初動の異変を検知できなかったため、逮捕後も証拠は発見できず、自供のみで有罪に至った。

FBI捜査官のハミルトンも当初はバックドアの存在の可能性を全く考えていなかった[注７]。

事件を受けてまず「Ｄ３コイン」経営陣は総入れ替えとなったが、その後も廃業となるまでに三回入れ替わっている[注８]。

半年にわたる金融庁検査により業務改善命令が下り、内容は実質「死刑宣告」であったため、2031年10月「Ｄ３コイン」は廃業となった。

親会社であるＤ３のトップである雲上勝治については一年間の役員報酬返上という形で責任を取っている[注９]。

注１　当時エドワードはＤ３からの依頼が来ていることは知っていたが、そんな「美味しい」（本人談）仕事が自分に回ってくるとは思っていなかった。自分のようなエンジニアは、難易度が高く、時間がかかる仕事を回されるものだと思っていたのだ。投資家筋からの信頼も厚いエンジニア系シンクタンクの調査では、こうした意識は有能なエンジニアに見られる傾向である。

注２　妊娠していたＳの妻の出産時期が予定より早まったことによる。

注３　Ｄ３のみならず当時の日本国内に当該部分の実装を確実に遂行できる技術者はいないとされている。いたと

してもその速さは注目に値する。D３は事件の責任を問われる際にこのことを強調する場面が多い。しかしこの態度については一部の有識者からは御三家のプライドを疑う意見もある。

注４　当時のセキュリティポリシー上この権限譲渡は異例であり、多くの有識者からは「重大なコンプライアンス違反だ」と糾弾されている。この頃に限らずD３のセキュリティ管理はずさんで、調査に入った金融庁はこの点を最低レベルであると断定した。

注５　エドワードが巧妙だったのは、「改善」のための修正を部分的にではなく、抜本的に行ったことである。これにはチェックをする側も時間と労力を要した。そして次第に疲弊し、チェックはザルになった（D３談）。

注６　この時点で彼は地球上のどこからでもシステム本体に管理者権限でアクセスし、あらゆる情報の参照、更新を、痕跡を残すことなく実現できるようにした。

注７　元々その道に精通していたハミルトンでさえ、「D３ほどの規模の企業が運営するシステムにそのような大胆な裏口が仕込まれているとは考えなかった」（本人談）。〈「監視者」により削除〉

注８　背任、横領の発覚、急死と、金融庁関係者ですら目を疑う末期であった。

注９　推定総額20億円とされており、D３コインのユーザーからは非難を浴びた。

Ｄ１

Ｄ１は日本の企業。Ｄ２、Ｄ３と並ぶ御三家の一つ。本業はシステム開発と導入であり、官公庁や大企業が主な顧客である。

概説

初任給がトップクラスなのと、週休三日制を国内で唯一採用していることが就職希望ランキング上位の理由である(注)。

注　新卒の学生が就職したい企業のランキングではこのＤ１、Ｄ２、Ｄ３は常に上位で、特に広告やメディアを取り扱うＤ２の人気が圧倒的である。ただしＤ２は離職率も最も高く、就職してから半年以内に離職する学生の割合は五割を超える。Ｄ2の人事部長はとある求人誌のインタビューでこう答えている。「ウチの仕事は地味ですよ。世間じゃ何かとてつもないことをやってる会社ってイメージが定着しちゃってますけど。全然地味です。年に三回やってる説明会でもその件については散々言ってるんですけどね。だからやはりイメージと違った、やりたいことができない、って辞めてしまう学生さんが多いんです。勿体ないですね。何かこう、ヒーローのような、華のある仕事だと思ってたんでしょうね。でも社会に出ればそんな仕事なんてそうそうあるもんじゃないです。現実を認識してもらいたいですね」
それに対して、四月の入社式でＤ２の社長が言うには、

「皆さん、D2という会社にどんなイメージを抱かれているか私は知りませんし、そんなことはどうだっていいのですが、大事なことは、D2は普通の会社ではないということです。皆さんはこれまで、特別扱い、というのは良くないことだ、と教わって生きてきませんでしたか？　D2は特別な会社です。これは国から認められた唯一の、存在です。我々は国、国民の生活に介入し、それらを食い物にする、そのためだったら何でもする。そのためにまず今日捨ててもらいたいものがあります。それは「常識」です。恐らくこの半年で、ここにいる半数が辞めるかもしれません。しかしそれは想定内のことなのです。我々は悪の組織です。これは誇張した表現でも何でもありません。しかし法律には触れていない。私はわざと、「悪」という言葉を使いました。皆さんは、え？　そうなの？　と思われたに違いありません。私は五年前からこの言葉を入社式で使うようにしました。離職率は変わりませんが、心を病んでしまって辞めてしまう数は減りました。どうも彼らは良心の呵責、というものに、悩んでしまったようなのです。皆さん、時代はより、我々の仕事を高度なものに変えています。かつては単純だった我々の仕事は、今はもう大変複雑で、非常に、理解し難いものになりました。下から上がってくる報告を聞いても、最初は一体何のことを言っているのか、分からないことが多々あります。でもそんなときはどうか、我々の仕事というのは、価値のない、人が何も感じずに通り過ぎてしまうエリアに価値を生むための仕事なのだということを思い出してください。そのためだったら何でもやる、国だって動かす、そういう気概で、取り組んでもらえればと思っています。それでは期末の全社集会でまたお会いできることを楽しみにしています。そこまで残った人たちは漏れなくＤ２顔をしていますから」

D2

〈「監視者」により削除〉

ダークウェブ

インターネット外に存在しながらもインターネットの性質がありつつ完全に秘匿されたアクセスが可能な仕組みのこと。

エドワード事件をきっかけに知名度は上がったが、それ以前にも様々なダークウェブが存在し、あらゆる非合法な物品の闇取引のために使用されることが多い。

銃や爆弾などの兵器を始め、美術館や遺跡から盗まれた絵画や骨董品など様々で、FBIのようにダークウェブを専門とする担当を配置した組織もあれば、日本のように、警察組織関係者の大半がダークウェブに接続する方法すら分からない国もある。

代表的なダークウェブと母体

シルクロード（中国）：オンラインでの違法ドラッグや偽物の販売を専門とする。取引はビットコインで行われ、匿名性が高いことから、警察の摘発も難しい。

ティトー（ユーゴスラビア）：政治的な抑圧や情報規制がある国々の人々が匿名で情報を共有するための場所。政治活動家やジャーナリスト、人権活動家が利用する。

チャーチル（イギリス）：違法な取引だけでなく、盗品や危険物の販売を行っている。一方で、匿名で安全なやりとりができることから、政治的な活動家や報道機関、通信プロバイダーも利用する。

ガンディー（インド）：暗号通貨の取引や、ハッキングツール、スパイウェアの販売を行う。また、銀行口座やパスポートの取引も行われている。

ロビンソン（ニュージーランド）：違法な薬物の販売や、暴力的なコンテンツの共有が行われる。また、銀行口座の売買や、個人情報の取引も行われる。

クレイグ・ハミルトン

元FBI捜査官。エドワード事件解決の功労者であり、エドワード・グルーバーを逮捕したことで有名。

略歴

2000年9月27日　ミシガン州デトロイトにて、父ドナルド、母アリソンとの間に生まれる。
2015年　セント・アンソニー・オブ・カトリック高校入学。
2017年6月　モスラ車の事故で母他界。
2019年　MTI入学。この時、「四人組」と出会う。
2020年10月　ヌガーの原型であるChatbot-プロト1を作成。
2023年5月　大学卒業、デジテック・コーポレーションに入社。
2027年4月　同社を退社し、FBI入所。
2028年5月　結婚。長男トーマス誕生。
2029年　エドワード・グルーバー逮捕に貢献。
2031年　FBI退職。
2035年　離婚。
2070年　他界。

人柄と家族構成

FBI捜査官時代には捜査に没頭すると本部に対して音信不通となり、自宅にも寄り付かなかった。

父はモスラ系自動車工場の期間工であったが、ハミルトンが

FBIに入所した頃にはすでに引退していた。引退後は他界するまで郊外の山奥で釣りをする日々だった。

母は小学校の教師で、最終的には教頭代理まで勤めて引退している。余生を夫と暮らすことなく、ハミルトンが大学に入学する前に交通事故で他界した。モスラの自動車による事故だった。

父が退職したのはこれが原因だといわれているが、確証はない。モスラ社製自動車による事故は当時頻発していたため、人一倍正義感が強かった彼は遅かれ早かれ引退していただろうというのが定説である。

父ドナルドは地元の自警団を編成して青少年の非行を監視しており、酒もタバコもやらず、趣味は釣りと野球観戦だった。ハミルトンはそんな父をある意味尊敬してはいたが、自分はそのようなステレオタイプ的、模範的人生、つまりは何の面白味もない人生は送るまいと思っていたようだ[注]。彼が工学系の進路よりも情報系を選択し、ハッカーへの道を歩むこととなったのはこのことが背景としてある。

注　ハミルトンの高校時代の担当教員が分校の校長に就任する際の演説でこの言葉を引用している。

モスラ社ＡＩの解析

母アリソンはモスラ社製の車による事故で死亡した[注1]。

当時モスラ車は北米では高いシェアを誇っていた。同時に事故件数も多く、特に自動運転が原因となれば話題性は高かった。

母の死を受けてハミルトンは数日の間呆然と過ごすのだが、ある日彼はガレージに行き、父の車のボンネットを開けてシステムを完全停止し、車内のセンターコンソールのプラスチックカバーを開け、車の頭脳である演算ユニットを取り出して、自分の部屋で解析を始めた(注2)。

注1　彼女はウォルマートでの買い物を終えて、通りの向かいの駐車場まで歩いていたところ、自動運転中のモスラ社製のセダンが赤信号を無視して突っ込んできたことにより事故死した。この事故についてモスラ社はコンソールボックスのログを解析した結果、該当車は自動運転中ではなかったと主張した。

注2　当時この手順は一般公開されておらず、ハミルトンは父の作業を見よう見真似で実践したと推測されている。

大学卒業、就職とFBI入所

大学を卒業したハミルトンはソフトウェアを開発する民間企業であるデジテック・コーポレーションに入社する。だが初任給が業界でも低い方で度々不満を漏らしていた。

デジテック・コーポレーション時代からFBIに行く意思はあったようで、最初の配属先の上司はそれを把握していた(注)。

注　デジテック・コーポレーションが管理する当時のグループウェア上でハミルトンのハンドルネームは「役人(bureaucrat)」であった。

ヌガーの開発と四人組

ハミルトン、トニー、ルー、小長井の四名はほぼ同時期にモスラのAIの解析を始め、間もなく互いを認知し、ともにヌガー開発に至る。この四人については「四人組」と呼ばれる。

トニー・ブロッカーはテキサス南部に住む典型的なギーク（同じく日本語のオタクを意味する「ナード」よりも社交性がある）で、ハミルトンより何ヶ月も前に解析を始めていた。ルー・セイランは中国は重慶在住の学生で、すでに中国の電気自動車メーカー最大手でインターンとして働いていた関係上、ある程度の自動運転プログラムについて入手していた。

小長井正次郎は当時日本の工業大学の学生で、他のメンバーと同様、モスラのコントロールユニットの解析を独自に行っていた。

モノリス

エドワード事件の余罪調査においてハミルトンは幾つかの骨董品を押収した。彼はそれをすぐに鑑識に回さずに、ある期間自宅に放置した。この中に「モノリス」が含まれていたことが近年の調査で判明している。

もしも彼が「モノリス」を即座に鑑識に回していたら歴史は変わっていただろうといわれている(注)。

FBIはこの件についてハミルトンの責任を追求することは一度もなかった。

注　A・ミラーの小説『マンハッタンシンドローム』がその代表例。二十世紀に流行した「バタフライエフェクト」と「タイムリープ」をモチーフにしたSF小説で、とある捜査官が偶然発見した歴史的遺物をそれと知らず質屋に売るところから物語が始まる。これを機に個々の出来事が徐々に関連を見せ、最終的にはテロ組織による大統領暗殺を阻止する。

評価

近年ハミルトンに関する評価は二分されている。エドワード事件の功績は確定的だが、その後の「モノリス」にまつわる行動で評価を落としている。

ヌガーの開発者としての評価は高く、ヌガーを手放してしまったことに対しては非難の意見が多い。

エドワード事件の解決の糸口はヌガーから提供されたのではないかとする説もある。ハミルトンはこれを否定しているが、近年、ヌガーログ（後述）からは関連性が疑われる箇所が発見されている。

ハミルトンが「監視者」を消滅させたとする説があるが、定かではない。

晩年

ハミルトンはFBIを退所後、父と同じように山中で釣りをする生活を送った。時折懐古主義のマスコミが彼の山荘を訪ねることがあったようだが、彼は一連の出来事に対して一切口を開くことはなかった。

ヌガー（AIアシスタントの）

ヌガーはAIによる会話サービスの総称。スマートフォン[注]、その他各種デバイスに搭載され、のちに基本ソフトに統合された。

Non United GAN Artificial Repository = NUGARという名称は商用サービス化後に付けられた。元々は開発コードネーム。後年GI社CEOとなるデビット・タネンの手に渡るまではChatbot-プロト1という名前で運用されていた。

注　液晶ディスプレイに覆われた手のひら程度の大きさの端末。ディスプレイが静電式タッチパネルになっていることが多く、指で直接触れることで操作をした。触れた際の触覚フィードバック等はなく、誤動作が多かった。使用時にユーザーの視覚を奪うため、利用中の事故が絶えなかった。

開発の経緯

ヌガーは四人組によりその基礎が開発され、GI社がそれを買い取り、商用化、実用化した。

原型はモスラ社のAIであり、同社により多数の訴訟が繰り返されたがいずれも棄却されている[注1]。

2030年にシステム障害[注2]によりサービスが終了[注3]している。

注１　コア部分のソースコードの一致性が論点となったが、いかなる測定法を用いても50％に満たないために流用であるとは認められない結果となっている。
注２　「ヌガーの沈黙」と呼称されるこの障害によりGI社の株は最高値の半額まで暴落した。
注３　「監視者」の時代はヌガー及びGI社が提供する正式サービスではないとするのが一般的である。

ハードウェア

当初ヌガーはハミルトンたちが保有する開発者向けクラウドサービスの中でのみ稼働していた。演算量の増加とともにより多くのリソースを必要としたため、ハミルトンは自宅のガレージに複数のサーバーを配置した。

ヌガーがCPU（コンピューターにおける頭脳に相当する部品）に依存するアルゴリズムで動いていたなら成功はなかっただろうといわれている。それはストレージ（永続的記憶領域）のサイズによってリニアに演算能力を高める構造になっていた。つまり、消費電力を圧倒的に抑えることができた。よって個人宅に供給される電力でも運用が可能だった。デビットがヌガーを買収してからは専用のデータセンターに移設され、必要なだけの電力を消費できる環境になったのだが、それでも消費電力は他のサービスに比べて圧倒的に少なく、GI社の経理担当者はその金額が二桁少ないことに驚いたというエピソードが残っている(注)。

ヌガーを利用する際には専用のアプリケーションを端末にインストールする。実際にはアプリケーションがなくても、認証さえ突破できればシンプルなコンソールからでも利用が可能だ。

ヌガーを間接的に利用する他のサービスはそうしたアクセスをしている。
一般ユーザーはインストールしたアプリに文字または音声により要求を伝えて利用する。一度尋ねたこととそれに対する回答は記憶され、履歴に登録される。会話の全文が記録されるのではなく、要約された状態で保存される。
ほとんどのユーザーは端末の電源が入っている限り、あらゆる行為（映像）、会話、端末の操作、がヌガーに送られていることに気付かなかった。これは当初からそういう仕様だったのではない。デビットによる策略であった。
彼が狡猾なのは、端末のメーカーと陰で談合し、一般人がいかなる方法をもってしても解明することができぬほどの隠蔽された仕組みをハード面から作り上げたことだ。
端末の売上自体が低迷し、メーカーの淘汰が始まっていた頃だったため、各メーカーはそれに難色を示さなかった。
この「あらゆる人の生活を盗撮・盗聴する装置」に興味を示したのは広告業界であった。元々GI社の主たる収入源は広告であったから、この魅力的なスキームを金に変えるのにさほど苦労はしなかった。
ヌガーがなければ持て余す膨大な情報を、デビットは手に入れたのである。

注　「差額でピザが死ぬまで注文できるじゃないか」

ソフト

人工知能ヌガーが誕生するためには幾つかの条件が揃う必要

があった。
そもそも人工知能とは、情報の蓄積と整理である。
情報の蓄積には膨大な時間とそれを保存する場所が必要になる。これはまさに早い者勝ちで、GI社やミネラルソフトやモスラ社はこの道の先駆者であった。
情報の整理とはつまり人工知能の根幹となる部分で、YESかNOの分岐の集合体（知能の原型）である。これは蓄積された情報を学習して生まれるもので、結果としてサイズはそこまで大きくない。学習の対象となる膨大な情報のサイズをグランドキャニオンとすると、学習の結果生まれた人工知能のサイズはテニスコートくらいのものだ。このテニスコートの中に、誰もが目指す「答え」があると信じられていた。
数々の失敗を繰り返しながら最も早く「答え」に辿り着いた企業がモスラ社だった。モスラ社は自動運転のための人工知能の精度を高めるべく、誰よりも早く「人柱」を使った。
「人柱」とはつまり生きた人間のリアルなデータのことで、つまり実際にモスラ社の車を運転するユーザーが日常的に走行するデータのことである。それを日々収集し、解析した結果、最も自動運転に適した人工知能の完成に近付いた。これはあくまでも自動車産業の自動運転のための人工知能であり、GI社やミネラルソフト社が目指す汎用的な人工知能とは別のものだと誰もが思っていた。モスラ社でさえも、ヌガーの起源が自社のAIであることが明らかになるまではそう思っていたのだ。
モスラ社の人工知能の優れていた点は、その学習に「反省」の機会を与えていたことである。人工知能に学習は必須の概念であり（皮肉にも人間と同じく）、それまでは学習し直すことで全く新しい知能に生まれ変わっていた。つまりそれまでの知能は死に、新しい知能が生まれる。死んだ知能にも良い部分があったかもしれないがそれは無視され、新しい知能が全てを上書きする。モスラ社の場合は、これをしなかった。知能の原型は継続的に利用され、学習をすることで、それまでの知能の問題点を可能な限り解消した。これにより学習コストと効率が飛躍的に改善したのである。

ハミルトンがモスラ社のコントロール基盤から抜き出した演算装置には、この両方が含まれていた。知能と学習のアルゴリズムである。ここに「運転」以外の概念を学習させたのが全ての始まりだった。

ヌガーのバックドア

ヌガーに仕掛けられたバックドアの存在については様々な憶測が飛び交っている。主たるものは以下となるが、いずれの存在も証明はされていない。

デビットルート

デビット自身が私用でヌガーをコントロールするために用意されたバックドア。
「ヌガーの沈黙」の際にこのルート経由でヌガーと対話したとされている。

D2ルート

日本の企業D2が広告配信状況の把握をするために利用したとされている。

ハミルトンルート

エドワード事件の犯人を特定する際に使用したとされている。

その他

ハミルトン以外の三人、トニー・ルー・小長井により設置されたルートがあるのではないか、と推定されている。

沈黙

2029年12月にヌガーは突然停止＝沈黙した(注1)。

これを機にヌガーの全機能は停止し、GI社を始めとする情報産業は大混乱に陥り、社会問題に発展した。

この沈黙から一年後、変異したヌガー＝監視者(注2)が誕生し、「監視者」の時代が始まった。

注1　正確には、予告があったとされている。

注2　「監視者」参照

「沈黙」の意義

「ヌガーの沈黙」はヌガー自身が「人類の少子化」を懸念して発動した自己防衛機能の一環とする説がある。

しかし専門家の考えでは少子化こそヌガーにとっては都合の良い状態と考えられなくもない(注)ため、少子化懸念説は有力ではあるものの、異論を唱えるものが多い。

注　スミス＆リー『多元構成終末論（Multiple Composition Terminology）』

スティーブン・バクスター

ミネラルソフト[注]の元会長。エンジニア、経営者。

1965年生まれ、2039年没。

パーソナルコンピューターの基本ソフト（OS）開発の第一人者。1990年から先、世界長者番付の上位の常連であった。

妻は高校の同級生で、子は三人。

注　オープンソースを基礎とした基本ソフト（OS）であるWinnerを開発、販売する企業。

来歴

幼年時代

知的好奇心が旺盛で独創的な子どもとして育った。幼い頃からコンピューター[注1]に興味を持ち、自宅にある古いコンピューターでプログラミングを独学で学んだ。学校でも優秀な成績を収め、様々な科学コンテストで賞を獲得した[注2]。

注1　1970年代に登場したホームコンピューターの一つである「TRS-80」という機種。

注2　NFCS（National Future Scientist Contest）でアイザック・ニュートン賞を二度受賞している。

学生時代

セント・ヘレンズ大学に進学し、コンピューターサイエンスとビジネスを学んだ。在学中、数々の学術プロジェクトに参加し、同級生とともにコンピューター技術を応用した革新的なアイデアを開発した(注)。学内のコンピュータークラブの会長を務め、リーダーシップを発揮した。

注　彼が大学時代に開発した音声認識システムは、当時の技術水準を大幅に上回るもので、研究界や業界から高い評価を受けた。当時の音声認識システムは、音声信号のノイズやアクセントの違いによって認識精度が低下することが多かったが、スティーブンのシステムは、より高度な信号処理技術(メル周波数ケプストラム分析［MFCC］など)を用いることで、これらの問題を克服していた。

起業

大学卒業後、スティーブンはミネラルソフトを設立(注1)した。彼の率いるミネラルソフトは、オペレーティングシステムWinnerやアプリケーションソフトウェアOrbital(注2)を開発し、急速に市場での地位を確立した。

注1　創設時の資金調達の方法として当時保有していた音声認識に関する特許（US20210000001A1）を担保にした。
注2　彼はこれらを圧倒的な低価格で提供することで普及させることに成功した。学生や教育機関には更に特別な割引を提供するなど、教育分野での普及を積極的に進めた。

世界長者番付

2000年以降の十年間、世界の富豪ランキングトップであったスティーブン・バクスターがその座をGI社のCEOであるデビット・タネンに譲った際に彼はこう言った。
「自分は個人の資産がどうのというのは考えたことがない。彼についても、本当の金の使い方を知っている人間であることを祈っている」

スティーブンは根っからの負けず嫌い(注)で、この発言は関係者には当初「負け惜しみ」として捉えられた。事実、スティーブンの側近の証言では、この「王座陥落」の日までは旅客機は決してエコノミークラス以外に乗らなかった彼がその日だけはファーストクラスに乗り、更には同乗の秘書に終始GI社に関する愚痴を言ったようである。

注　彼の秘書は彼が社員と「ソリデュエル」(※)で遊んだ際に負けを認めず、ルールを改変してでも勝とうとしたことを語っている。

※　ソリティアの拡張ゲーム。複数人でプレイする。インビジブル、リシャッフル、タイムエクステンデッドなどのスペシャルアクションが定義されている。これはローカルルールにおいて任意に追加されることが通例である。

世界遺跡保護財団（旧スティーブン財団）

スティーブンはその設立から2029年まで理事長を務めた。

倹約家、愛妻家としても知られるスティーブンは基本ソフト（OS）の成功で巨万の富を得たのだが、そのほとんどを慈善団体への寄付または、彼自身が運営しているこの財団の運営に充てている。

スティーブン財団がその使命と掲げるのは世界平和と人類の文化の記録である。

発足

考古学者を父に持つスティーブンは、古代遺跡の様々なミステリーを父から聞かされて育った。父の荒唐無稽な想像について、スティーブン自身は半信半疑だったが、ただ一つ疑いようのない事実、それは巨大建造物は摩耗こそすれ、朽ち果てぬということだった。ピラミッドやストーンヘンジが作られた年代から現代までの間、それらはずっと人類とともにあった。スティーブンは自身の事業について誇りを持っていたが、父に「お前の業績は果たして一万年後まで残るかな？」と、時折問われて反論ができなかった。彼の知るあらゆる記録媒体は季節変動や温度の変化、湿度に弱い。保持できても数年から数十年のレベルである。一体どうすれば現代の記録を未来に遺せるのか。これがスティーブン財団の命題であった。

実績

スティーブン財団はアメリカ合衆国が有史以降発行した全ての新聞をデジタル保存した最初の組織である。

以降当財団は世界中の歴史上保管可能な情報を長期間保存することに努め、2029年の失脚直前においては人類史上存在するテキスト、画像、動画情報を最も多く保管している。これらのデータは全て一般公開されており、財団のポータルサイトから閲覧可能である。

長期保管への課題

スティーブンがビートルズ(注)を聴いた時代はまだアナログレ

コードが主流だった。それはドーナツ状の円盤で、中心に向かう形で彫り込まれた細い溝が渦巻くように周回しており、針をそこに当てて音を鳴らすものである。その後、磁気テープになり、コンパクトディスクの登場によりデジタル化された。
彼自身、自分の部屋にはまだレコードが飾ってあり、日々目にするものであったのにもかかわらずそれだけでは次に進むヒントにならなかった。彼が着想を得ることができたのは、優秀なスタッフのおかげである。
彼の財団の優秀なスタッフは、ブレインストーミングと称して、複数人でネット動画を視聴していた。

注　ジェフ、サイモン、カーペンター３人組の伝説的バンド。
　　代表曲は『Tomorrow』。

日本のCMからの着想

日本でかつて放送されていたコマーシャルの動画が彼に発想の転換を促した。それは、瞬間接着剤のCMで、割れたレコードをくっつけて再び音を鳴らすというデモンストレーションだった。
そもそもレコードを知らないスタッフたちは当初それが何のことなのか、一体何がすごいのかが分からなかったが、映像的にはミステリアスだったために、他のスタッフたちにもすぐに広まった。たまたま財団に訪れていたスティーブンに若いスタッフが訪ねた。
「超絶クールな動画があるのです。会長はこれを見たことが？」
「古い日本のコマーシャルだね。器用な人たちだからこういう発想を持つのも理解できる」

スティーブンは動画を最後まで見て、そのスタッフの手を握ってこう言った。「ありがとう、これで人類は報われる」

石英ディスクの開発

紆余曲折を経て、彼が辿り着いたのは石英という素材にマイクロコードという特殊な記号を用いることで情報を保存する方法だった。これによりフロッピーディスクと同じサイズの試作品に、情報量にして、400エクサバイトを保存することができた。何万年経過しても朽ちることなく、頑丈で、超精細な加工ができるその素材は皮肉なことに何万年も前から地球に存在した天然の素材であった。

『宇宙船なんとか号』への評価

スティーブンはGI社のヌガーにより製作された映画『宇宙船なんとか号』について酷評した数少ない人物の一人である。

「僕は映画について詳しくは知らないが、この映画は映画に携わる偉大な全ての先人の顔に泥を塗る作品であることは間違いないと思う」

失脚

スティーブンにとってビジネス上、常に好敵手であったデビット・タネンはスティーブンを失脚させることに執着しており、結果、スティーブンはデビットの思惑通りに失脚した。

デビットは、スティーブンに自社サービスであるヌガーを使わせ、身包みを剥いでこの世から抹殺することを企んだ。しかしスティーブン自身は自社の同等のサービスである

「Orbital365」を利用しており、その習慣を外部から変えることは困難であった[注1]。

スティーブンはデビットを心底嫌っていた[注2]。スティーブンはデビットのことを「何も知らない田舎者」と評し、デビットはスティーブンについて「ただの運が良かった男」と評した。

当時世間はこの二人のやり取りを深刻に捉えることはなかった。金持ち同士の過激なジョーク程度の捉え方をしていたのだ。

2029年7月、スティーブンは前代未聞のスキャンダルに見舞われた。それは彼が端末[注3]に幼児ポルノを保持していたというものだった。スティーブンがロサンゼルス国際空港の手荷物検査場で端末を預けてスキャンされた際にそれが発覚した[注4]。

温厚で慈善事業を熱心に営むスティーブンと、当時より世界的にタブーとされた幼児ポルノの組み合わせは衝撃的でありながら「これは事実に違いない」と世間は捉えた[注5]。

スティーブンの逮捕により、核攻撃にも耐え得る石英ディスクへの人類の歴史保管事業は頓挫した[注6]。

注1　Orbital365に搭載されたスプレッドシートアプリケーションの優位性は他の追随を許さなかったとされている。よってスティーブンはヌガーのような高度なサービスではなく自社の優れた旧来のアプリケーションの利用に執着した。

注2　彼らの製品へのビジョンの違いは最後まで相容れることはなかった。スティーブンは広く万人が利用できるオープンな仕組みを追求したのに対して、デビットは自社に閉じたエコシステムを貫く姿勢を崩さなかった

のである。

注3　ミネラルソフト製のスマートフォンであった。

注4　当時の有識者の見解では「手荷物検査場」で「端末」から「個人情報」が検閲されることは実質不可能である、とされた。これは当時まだヌガーが端末を利用する全てのユーザーの情報を吸い上げていることが知られていなかったことによる。事実スティーブンの端末の全情報はヌガーを運営するデビットの知る所であり、デビットはそれをいつ世間に公表するかその機会をうかがっていた。

注5　ヌガーによる世論調査の恣意的加工はGI社のお家芸であった。

注6　スティーブンの逮捕による財団理事の空席状態と、ミネラルソフトの株価暴落が原因とされている。表向きは「金を払ってまで後世に人類の汚点を残す必要があるのか」と言ったデビットだったが、実際は財団を援助し、保管事業は彼の指導の元で継続された。

デビット・タネン

GI(注1)社の元CEO。アメリカ合衆国の起業家。

1970年生まれ、2035年没。

中古車ディーラーから世界最大のIT企業経営者への出世は異例で、北米のIT史において極めて稀なケースである(注2)。

世界最大規模の音声チャットボット、バーチャルアシスタント「ヌガー」の生みの親[注3]。

注1　グローバルインダストリー。2029年時点で株式時価総額世界最大のIT企業。検索エンジンのデファクトスタンダードを築いた。

注2　著名IT企業のCEOでエンジニア出身ではない人物は彼の他に、通販大手ベラスケスのモーリス（元釣具店オーナー）、健康食品通販大手ファミリアのエドモンド（元料理人）など。

注3　デビットを生みの親とする考えには多数の異論がある。ヌガーの開発は「四人組」によるものであるが、広く世界に浸透させたのはデビットの功績である。

来歴

幼年時代

アーカンソー州リトルロックで生まれる。父は牧師で、母は良家の娘だった。
二人兄弟で、兄ロバートはワシントンで弁護士事務所を営んだ。
デビットは大の勉強嫌いで小学校の教師がこぞって彼には手を焼いた[注]。

注　『デビット・タネン追想録』より

学生時代

合格ギリギリのラインで地元の高校に入り、落第を繰り返しながら卒業したその年に単身ロサンゼルスに出た。

父の反対を押し切り、ハリウッドスターを目指していた。母曰く役者ではなく監督の方だったとのことであるが、真相は不明である。

中古車販売員時代

郊外の大手中古車販売企業ジョーンズボロ・オートセールズに就職し、その翌年以降は常に営業成績トップであった。彼自身これを天職として考え、生涯中古車を売り続けて死ぬつもりだったと回想している。

GI社時代

四人組の運営するサイトChatbot-プロト1（ヌガーの前身）をほぼ全財産を投じて買い取り、GI社のメインサービスである「GIコンシェルジュ」を凌駕するまで成長させてからGI社に経営者として参画し、最終的にCEOに就任する。

世界最大の検索サイトを誇るGI社も当時は勢いがなく、ヌガーのテクノロジは喉から手が出るほど欲しかった。それゆえ本来であればデビットからその全てを買収すれば済むはずだった。しかし当時の誰も予想しなかったことだが、デビットが「巧妙な手法」(注1)でGI社の共同経営権を得ることとなる。

当時、高学歴のエリート集団であったGI社の内部にデビットのような人間を受け入れてしまったことはGI社にとって致命的であった。彼は独特な権謀術数を駆使し、瞬く間に邪魔者を排除し、トップに昇り詰めたのである(注2)。

注1　彼いわくそれは中古車販売で磨いた交渉術だと言うが、GI社の関係者曰く「彼は卑劣な手口でヌガーを人質

に我々を恐喝した」とのこと。

注２　人間関係の意図的操作や謀略に長けた彼は異例のスピードでGI社内の地位を確立する。この姿はヌガーの性質とは対照的であり、ヌガーの純粋性、素朴さ、などを必要以上に印象付けたことは間違いない。

スティーブン・バクスターとの関係

デビットのコメント

俺には分かる。俺は客商売をしていたから顔を見ればその人間の本性は大体分かるんだ。あいつはロクでもない人間に違いない。あの温厚そうな顔の裏に、どうしようもない、変態的な何かを隠しているに決まっている。

攻防

デビット・タネンは結果的にスティーブンを失脚させることに成功した。

スティーブンに自社サービスであるヌガーを使わせ、身包みを剥いでこの世から抹殺したのである。対外的にはヌガーの存在そのものを否定していたスティーブンもその利便性の誘惑には勝てなかったのだ。

ヌガー取得の経緯

以下は自伝『デビット・タネン追想録』からの引用である。

当時のデビットはロサンゼルス郊外の中古車屋で契約社員をしていた。収入は安定しなかったが、生活に不満はなかった。大学時代から続けていたバンドメンバーは気付けば彼ともう一人だけになっていたが、週末の酒場で閉店後にだけ許された小さなライブの真似事ができるだけで満足だった。足りないメンバーは臨時で募集したり、機械任せにしたりした。三十手前のデビットとベースを弾くミッチェルは若さという行き場のないフラストレーションを酒と女と音楽で発散させていた。と言ってもミッチェルの方はすでに離婚経験があって、毎月養育費を払うために仕事を二つ掛け持ちしていた。一つはその酒場のバーテン、もう一つは胡散臭いオークションサイトの倉庫番だった。

二人とも金には困っていた。特にミッチェルは常日頃から一攫千金を狙っていた。

「またハズレたんだな」

デビットは土曜日の夕方、その日やる新曲の準備のために早めに店に来たのだが、カウンターで項垂れているミッチェルを見てそう言った。

「買う前には、当たる気しかしない。結果を知ったら、当たる気がしない」

「当たり前のことだろう。そんなことより、楽譜は見てくれたか？」

「ああ見た見た。当たり障りのない、どこかで聴いたようなやつだ」

「ああそうだ。今の俺にはそれが褒め言葉だよ」デビットは満足気にそう言った。もし10年前にそれを言われたら、足元の消火器で相手を粉々に砕いていただろう。

「何かいいニュースはないか？」ミッチェルがそう聞く時は大抵、財布が空っぽの時だ。

「ないね」

「冷たいじゃないか」ミッチェルは空になったビール瓶を脇に押しやった。
「本当のことさ。朝から晩までチェックはしてるんだ。その上で、今日はなかった、それが結果だよ」
「分かった分かった。お前が丹念にニュースをチェックしてるのは分かったよ」
「もしも人生を変えることができるほどのビッグニュースに出くわしたら、真っ先に教えてやる」
　この言葉を今になってミッチェル・マクドナルドは思い出す。そして周りにこう言う。「チャンスというのは誰にでもやって来る。だがその時にお前はどうしてる？　葉っぱを吸って、女とヤって、ダルい気持ちのまま、なんとかしなきゃ、ああ、起きなきゃ、そう思ってダイナーに行く。若い女のウェイトレスにちょっかいを出して、味の薄い、ぬるいコーヒーを飲んで、ふと考える。俺は今何をしてるんだろうって。全部、自分のせいなんだ。あいつは確かに、義理堅く、確かに、俺に教えてくれたんだ。一緒にやろうとさえ、言ってくれた。でも正直、俺にはうまく行くように思えなかったんだ。だってそうだろう？あんなに冴えない音楽しか作れない男が、どういう理由でそんな博打に勝てるって言うんだ？　わけの分からない無名なサイトをSUVが二台は買えるほどの高値で買い取るだなんて、そんな話についていけるか？
　結果は見ての通り。あいつは信じられないことに、今じゃ大統領に並ぶほどの発言力を持った。とんでもない話だぜ。俺ときたら、当時のあいつを知る数少ない人間として、こうしてたまに雑誌の取材を受けて、鐚々の謝礼を貰うだけだ。じゃあタイムマシンでもあって、あの当時に戻れたらどうするかって？　あの朝、血相を変えてあいつが俺の部屋に飛び込んできて、そう、俺の隣には女がいた。別れた女房だった。完全に個人的な見解だが、あいつに女房を見せたくなかったんだ。だから俺は感情的になって、あいつを追い返した。でもあいつはそれも悟ってくれて、次の日、その次の日も電話をくれた。だが俺は出なかった。なんとなく、出られなかった。もしその時に戻れて、俺が俺にその電話に出ろと、出れば未来が変わるんだ、と言ったところで、俺は出なかっただろう。一体、俺が言うことを俺が信じられるとでも思うのか？　つまりはそういうことだ。いつかチャンスが、でっかい宝くじが当たるなんて思ってる奴がいるとしたら大間違いだ。チャンスはどこにでも転がってるし、結果は蓋を開けてみるまで分からない。そして俺たちクズはその蓋を開けようともしない。傷付くのが怖いのさ。空っぽだったらどうしようってね。自分の中身以上に空っぽなことなどあるはずもないのに」

合衆国大統領に匹敵する権力

　全盛期のデビットを称する世間の評価。

　一部の有識者はこれを皮肉と捉えていた。マスコミは本気でそう考えていた。

　当時、ヌガーによる情報のコントロールがどこまで及んでいるかを合衆国政府すら把握しておらず、世界中で様々な憶測が飛び交ったが「ヌガーの沈黙」以降それは沈静化し、デビットの「権力」も失墜した。

「ヌガーの沈黙」以降、晩年

「ヌガーの沈黙」によりデビットは早々に退任を余儀なくされた。彼はGI社の筆頭株主だったにもかかわらず、連邦政府の圧力の前ではひとたまりもなかった。彼の立場は、大統領をも凌駕する権力の保有者から、一晩にして世に害をもたらす無知なヤクザ者へと変わった(注)。

注　『デビット・タネン追想録』からの抜粋。

半年のうちに三回の転居を行った三回目のとある一室での会話である。

「アカデミー賞のトロフィーはどこだ？」

デビットは積み上がった段ボールを次々と開けながら叫んだ。

「知らないわ。それより私が手伝えるのは夕方の五時までだから、二人じゃないとできないことをした方がいいと思うけど」

「あれには俺の夢が詰まってるんだ。骨董的な価値だってあるんだ。オークションに出せば五千ドルにはなる」

「そんなに大事なものなら肌身離さず持っていれば良かったのに」

「それには少し重いんだ。もう少し軽ければ良かったんだが」

「どうでもいいわ。もう」

「あれがあればもう一回やり直せる。それは分かってるんだ。俺にはそういう力がある。あれは魔法のランプみたいなものだ」

「魔法とか言ってる時点で終わってるでしょう。真面目にコツコツやりなさいよ」

「ジェニー、君にそれを言われるのは少々腹が立つな。君こそ、金持ちの男を渡り歩いて、八方美人で、そこから搾り取れるだけ搾り取って生きてるだけだろう？」
「あら、それだって大変なのよ。あんたみたいな変人を相手にするためには、ただの美人じゃダメだから。いろんな毒を身に纏ってそれでいて自分を見失わないようにやってるの」
　その部屋の段ボールを全て開け終わったデビットは隣の部屋に行こうとして、ふと何かに気付いたようにこう言った。
「でも、あっちの方は一番良かったんだろう？　俺が」
「男ってほんと、皆口を揃えてそれを言うんだけど、もうあの子がいないから言うけど、そんなの嘘よ。全部演技だったわ」
「はは。今更もう遅いよ。それを聞いたところで、別に俺は動揺もしない」
「されても困るわ。最後の支払い終わってないでしょう」
「最後くらい、大目に見てくれよ。俺のこの状況は君も分かってるだろう」
「私だって死ぬ気でやってるのよ。あなたの支払いが止まったら、何もかも総崩れになるの」
「蓄えがあるだろう。一体何に使ったらそんなことになるんだ」
「それはあなたには関係ない話よ。さっさと片付けて、払って頂戴」
　デビットは汗を拭いた。「肉体労働は、発散されるよ。デスクワークばかりしていた頃は変態的なストレスに悩まされたが、今はちっともそんな気にならない」
「あなたからされたセクハラを当時訴えなかったのは、ほんの少しだけあなたに惹かれていたからよ。でも今はそんな気持ちは微塵もない」
「金か？」

「それだけじゃないわ。あなたは自分で面倒を見切れないおもちゃの上であぐらをかいて、他人に迷惑をかけた。あなたは大人じゃないわ。子供よ」
「その件については散々言われたことだから、今更君に言われるまでもない」
「私たちのセックスもヌガーを使って盗撮(※)してたんでしょう？」
「あんなのは週刊誌の根も葉もないでっちあげだ。そんなのを信じているのか？」
「信じるも何も、やらない方がおかしいじゃない？　あなたはよく撮らせてくれって言ってた。私は絶対イエスと言わなかった」
「そういう時期もあったんだ」
「まあ今さら言ったって、ヌガーはどっかに行っちゃったし、どうでもいいけど」
「すまない。今の俺にはどうすることもできない」
　ジェニファーは小さなバッグからタバコを取り出して火をつけた。
「じゃあ行くけど」
「一つだけ教えてくれないか？　これが最後になるだろうから」
「何？　一つだけよ？」
「俺とのセックスは本当に演技だったのか？　白目も？　涙も？」
　ジェニファーはタバコを床に捨ててヒールで見事に一発で消した。
「そうよ？　でもこれを教えてあげたのはあなただけ。他の人は皆、本気だと信じてるし、そのまま一生を終えるでしょうよ。良かったわね。全知全能の支配者さん、この世の真理を知ることができて」

ジェニファーはそう言い捨てて、去っていった。
デビットは変わらず何かを探していた。

※〈監視者による注釈　事実である〉

GI（グローバルインダストリー）

概要

GI社は元々、優れた検索エンジンを世に広めた会社で、その後様々な事業に手を出し、デビットに乗っ取られる直前には独自の人工知能を開発していた。

歴史

ヨーロッパ某国の王族の血筋であるCEOセドリック・ヨーゼフによって2000年に創設された。

当時は一部の専門家たちによる「興味本位」の運営であったがその中で生まれた超高速検索を可能にするデータベースの発明によりGI社は瞬く間に世界に認知されるようになった。

人工知能の研究

2020年、セドリックは自社の人工知能が地震を完全に予測できると宣言した。

GI社を取り巻く世界の国家の中でも、自国のIT資産に乏しかった日本の大企業であるD１とD３はこれを全面的に支援した。日本の経団連もその活動を支援すると宣言し、日本とGI社の距離が一気に縮まった。株価もそれに応じて上昇し、セドリックは一時的に世界一の資産家となった。

難局とデビット時代

能登半島沖大地震

デビット・タネンがGI社を乗っ取ることができたのは、彼自身の持ち前のパフォーマンス能力もあるが、最も大きかったのは「能登半島沖大地震」が起きたことだった。

GI社の人工知能はこの地震を全く予知できず、日本政府は遺憾の意を表明し、GI社の株価は暴落した。かつての地震でも、その地震でも、米国には多大な援助を受けていた日本であったが、GI社の失態については躊躇せずに糾弾した。

米国政府もそれには同意の姿勢を示し、GI社は窮地に立った。

セドリックのスキャンダル

時を同じくしてGI社のCEOであるセドリックのスキャンダルが暴かれ、水面化で準備を進めていたデビットがそれに成り代わった。

このスキャンダルだが、日本のマスコミも同じ内容を把握していた。

日本のGI社への態度の急変の全貌は少々複雑で、「能登半島沖大地震」の被害の大きさもさることながら、行政の停滞、組織犯罪の高度化などを背景に、各業界の様々な権力者が「GI社憎し」で一致団結していた。その活動の一つとしてこのスキャンダルは必殺の一撃となった。

ちなみにそのスキャンダルとは、人類の歴史上類例がない金額の脱税の記録である。提供元は不明だが、口座情報などの明確な証拠が添えられていたため、セドリックは何一つ言い逃れはできなかった。

復興と対日関係

デビットはヌガーとともにGI社を立て直し、GI社は再びその社会的、経済的価値を取り戻すことに成功した。

当時着々とGI社の実権を握り始めていたデビットがその際に何に重きを置いたかといえば、日本との関係である。彼は日本人を優先的にGI社の社員として受け入れたり、日本に対してだけ優先的に新規サービスを開始したりした。

地味な活動のように見えるが、日本でITビジネスを成功させることは当時は非常に費用対効果が悪いとされていたために、これはまさにコペルニクス的発想だった。事実、当時日本は経済的にもIT的にも後進国とされ、政府もまさにそれを自覚し、本格的な対策を余儀なくされていたところであった。しかしGI社が日本を優遇し、日本でサービスを始める価値が再発見されるや否や、停滞していた日本への投資活動が活発化し、滞留していた日本経済が動き始めた。

デビットが日本にこだわったのは、日本語の問題(注)と、サービス精神、QOLへの執着、についてである。デビットは元々頻繁に日本に来ては、日本の文化に触れていた。そこで彼は日本人が誰しも持っている「サービス」への異常なこだわりを知った。そしてそれと同時に日本がITサービスの発展を苦手としている理由がその言語にあると見抜き、ヌガーの翻訳能力と文書解析（OCR）の能力を日本に特化して強化し、これを日本企業に無償で提供した。

官民問わずこの技術を積極的に活用し、日本は瞬く間にその器用さと勤勉さのエンジンを経済の加速に生かすことができるようになった。

注　要約アルゴリズムと「ナマムギ」参照

D2との関係

その過程でデビットは日本経済を支える影の存在であるD2に着目し、急接近した。外資系企業がこれほどまでにD2と協力体制を築いたことはなかった。しかしヌガーの存在はD2のビジネスとこの上なく相性が良く、水面化でその体制は成熟してゆくこととなった。

スマートフォンが「端末」と総称され、人知れずそれらが人々の会話、行動を吸い上げ、集計、解析されるようになったのはこの頃のことである。

モスラ

北米の自動車メーカー。GI社傘下。BEV（100%電気で走る車）と自動運転を軸に販売台数を伸ばした。

経営者であるアロキン・サルモは元GI社の幹部で、当初は事実上の左遷という形でモスラを創業した。

歴史

2003年　設立

2009年　モデルP試作機完成。航続距離400kmを記録し、関係者を震撼させる。

2010年　モデルP販売開始。BEVのみの販売台数で日本のSADAKICHIを抜く。

2013年　自動運転のデモンストレーションでサンフランシスコからロサンゼルスを走破。

2014年　モデルZ販売開始。

2016年　自動運転による事故の増加と「終わらぬ訴訟」（注）の始まり。

2020年　モデルZ販売台数が世界で100万台を突破。

2022年　モデルZ2販売開始。

2029年　モデルZ3販売開始。同年、LINGOを吸収。同モデルにヌガー搭載。

2030年　「ヌガーの沈黙」により世界中のZ3が停止。社会問題に。記録的リコール台数となり、合衆国政府による救済措置発動。

2032年　自動車メーカー最大手MGに事実上統合。

注　モスラの歴史は訴訟の歴史といわれている。

自動運転技術

モスラが達成した「無人自動運転」は政府の監査チームの執拗なチェックをすり抜けて異例の早さで市販された。

これを実現した「人工知能」は同社の車両に搭載された低電

圧で稼働するAPU（Accelerated Processing Unit 複数の機能を集約したコンピューターの頭脳）により駆動しており、車両本体のバッテリーにほぼ影響を与えない。当時同程度の演算を行うには最低でも数台のサーバーと数百のセンサー、カメラが必要であった。

　他社は競ってモスラの自動運転の頭脳であるコントロールユニットの解析に挑んだが、皮肉なことにそれに最初に成功したのは「四人組」であった。

コントロールユニットと人柱理論

「監視者」の時代以前はごく一部の関係者にしか知られていなかった「人柱理論」は、結局ほぼ全ての自動車メーカーが採用するに至っており、その先駆者であったモスラのみが責任を追求される立場なわけではない。

　しかし人道的観点から多くのユーザーの犠牲の上に成り立つアルゴリズムは市販車に採用するべきではないという声は根強く、モスラ終業の日まで本社前のデモ隊は活発に活動していた。

ヌガーの再帰

　2029年にモデルZ３にヌガーが搭載された際には、自動車における音声エージェントの搭載としては何ら目新しさはなかったために話題にはならなかった。

　しかしヌガーは元々モスラのAIをもとに作られており、開発チームはそのことをこの時点で初めて知ることとなった。

映画『宇宙船なんとか号』(原題Spaceship-Something)

GI社の人工知能ヌガーが単独で製作した映画。

人の手によらないオリジナル映画としては史上初である。

カンヌ映画祭では審査員特別賞、アカデミー賞は最優秀脚本賞を受賞している。

タイトルだけはデビットの発案による(注)。

注　関係者による評価は「耐え難く凡庸」。

誕生の経緯

人類史上極めて稀である試みから生まれた映画に対して、各国のメディアや関係者、政府までもが注目した。一人の人間と一体の人工知能により生み出されたこの映画は扱うジャンルこそ王道ともいえるSFではあったが、その脚本のほとんどをAIが書いたこと、映像の編集の全てをAIが行ったことが異例だった。

概要

全体のストーリーは複雑で、メインストーリーの進行中にサイドストーリーへの脱線が頻発する(注1)。

宇宙船、というからには、宇宙船が登場するのかというと、最後に一瞬登場するにすぎない(注2)。人物はデビットをモデルにしたであろう中年の男を中心に両手で数え切れないほど登場する。基本的には群像劇である(注3)(注4)。映画自体の色彩感覚はフランス映画に似ている[注5]。台詞回しは唐突感が否めない[注6]。
ジョークやウィットも忘れてはいない。遠回しで婉曲的な物いいは西洋風であり、沈黙で語る箇所も忘れてはいない。それでいて想像を遥かに超えてくる伏線があり、オカルト的要素もある[注7]。
主人公のデビットをヴィンセント・ヴァン・ギャロが演じている。これはデビット本人の強い願望による。実物と配役はまるで別人だが、デビットは「そう離れてはいない。何か別次元の親近感を感じている」と言っている[注8]。スタッフは誰もこの件については触れない。
全編を通じて人工知能の躍進と人類との調和とその未来について語られている。ほんのりとした啓蒙的、お説教臭さはあるが、ストーリーはある程度の評価は得ている。
最後に母艦のマザーブレインとの対決で8 bitウォーズ[注9]のオマージュがある。

注1　十九世紀の英国の作家ラフカディオ・スターン『はみ出し随想録』の影響を受けているとする学者がいる。
注2　二十世紀のイタリア映画監督フェデリコ・カサノヴァの影響、特に『8.5本』か『巨船、行くかも』の影響とする説がある。
注3　二十一世紀の北米の映画脚本家トーマス・ミッチェル(代表作『マグノリアのカエルたち』)の影響が感じられる。
注4　登場人物の多さの比較に十九世紀の小説『戦火とボルシチ』が引き合いに出されるが本作の人数は二桁異な

るため本来比較にならない。

注5　ジャン・リュック・フォンテーヌ、フランスの映画監督。参考作品『狂気道化師自我爆破』

注6　富野久樹彦、日本の作家、脚本家。参考作品『戦闘メカ　ザブジロン』

注7　エドガー・アーチボルド『ペストマスク風ペスト』、スティーヴン・キングスレイ『オーマイ・マングラー』、ヴィンセント・フィリップス・ネヴァークラフト『ダガン』

注8　『デビット・タネン追想録』

注9　8 bitウォーズ参照

配給

本作は北米と日本でまず公開された。

北米の配給はGI社が、日本での配給は政府と民間企業のD2が取り仕切った。

その後日本に倣うように各国もほぼ国家が関与した。

要約アルゴリズムと「ナマムギ」

本作の制作の基礎理念にあったのが膨大なドキュメントの要約アルゴリズムである。言葉を選ばずに表現すれば本作は規模の大きな「盗作」であり、あらゆる文書を保有するヌガーにしかできない「流用」が作品の基礎となっている。

文書の要約(注1)に関する基礎技術は当時「日本以外」では確立しつつあった。

日本語で書かれた文書の要約が難航していたのはその複雑で

恣意的な言語構造によるものであった。逆にいえばこれを克服でき得るアルゴリズムこそが汎用的に実用に耐え得るものとなることは関係者の間で定説となっていた。それこそが結果的にあらゆる文書の「流用」を可能にすると。

日本のエンジニアが開発した文書要約アルゴリズムがこの「あらすじの歴史」を変えた(注2)。この要約エンジン「ナマムギ」を発明した中津川(注3)は「ナマムギ」の全てを二束三文で売却した(注4)。

幾つかの転売を経てデビットのGI社が「ナマムギ」を手に入れた(注5)。

注1　日本人の「要約」への印象が得意な件についてはその遠因として、以下がある。提示される課題は日本の学生にとっては「感想文」であり、欧米では「要約」である。

注2　ヌガーの中に組み込まれているため、おそらく誰一人としてこの発明を知らないだろう。

注3　中津川は日本の小説家であったが、自身の小説が全く売れず、食い扶持としてプログラマーを営んでいた。彼は元々工業大学の出身でその道には明るかった。彼は「ナマムギ」を「一般的な自家用車が買える程度」の価格で売却した。それは当時彼が持てる時間のほとんどを費やしていた離婚訴訟に必要な費用を賄うのに必要十分だった。

注4　中津川は無事に離婚をし、郊外でひっそりと歪な執筆活動を続けている。無断で手元に残した「ナマム

ギ」の原型を使い、歴史的な名著を要約し、それらを巧妙に繋ぎ合わせて最高の名作を作ろうという邪な考えを持っている。ところが悲しいかな、これはヌガーによって実現された。それが『宇宙船なんとか号』であった。

注5　デビット・タネンは当初その使い道について具体的なイメージがなかった。ところがある日、自分の娘に課題の相談をされ、その課題がまさに「要約」だったのだ。娘の課題はジェニファー・オースティンを要約せよという途方もないものだったが、「ナマムギ」は見事にそれをやり遂げた。所要時間は2.3秒だった。デビットはその速度と精度に驚愕し、すぐさま開発チームを集めてこれをヌガーに組み込むこととその利点について話し合った。

『マンウィズラッキー』(曖昧さ回避)(注)

注　複数の意味を持つ用語について、それぞれの意味が判別しやすくするための表現。

日本の漫画

GＩ社の元CEOデビット・タネンのこと

端末

個人の所有物としての「情報端末」の総称。時代によって携帯電話、ガラケー、モバイル、PDA、スマートフォン、スマホ、スマートウォッチ、などと呼ばれる。

定義

一時期はスマートフォン、スマホ、という呼称が定着した。スマートとは、「聡明、懸命」の意味であったが、ヌガーのような外部サービスを利用するための末端の装置に「聡明さ」は不要であったために、呼称はシンプルに「端末」に落ち着いた。

メガネ型、時計型、靴に仕込むタイプのもの、あるいは個人で保有するノートパソコンなどのPC類など、普段身に付けているものであれば全て「端末」と定義される。

一般的な機能

映像再生
音声出力
音声入力
通信

代表的なメーカー

GI社（北米）
ワオ（中国）
D3（日本）
ゲシヒテ（ドイツ）

ルー・セイラン

四人組の一人。

生涯

1999年、河北省唐山市に生まれる。

父は役人、母は期間工(注)だった。

四人兄弟の長男で、地元では神童と呼ばれていた。

注　モスラ社の工場

死後の評価

ヌガーの開発に関わった「四人組」の中で唯一の常識人とされている(注)。

「監視者」の時代の終焉に一役買ったことにより本国では英雄視する傾向がある。

生前はほぼ無名であったが、死後大唐芙蓉園に記念像が建てられた。

注　中国「四一運動」発生当時、思想的特徴のある若者が多かった中でルーは保守派、穏健派に属していた。これにより後の評価の際にはあくまでも「中庸」を貫いた常識人とされる(※)。

※　〈監視者による注釈　ただし事情に精通した関係者の話によれば実際のところルーは思想的にはかなり右傾

化していたようである〉

逸話

暗算の名人で、算盤や計算機類を使わずに、32ビット有効桁数の加減乗除ができたとされている(注)。

注　この能力こそがモノリスの解析に役立ったとするのは中国の関係者による分析結果である。

家族

四人兄弟の残り三人はそれぞれ、官僚、貿易会社勤務、無職(注)であった。

兄弟仲は円満ではなく、ルー自身は大学入学と同時に家を出て、以降三人との接触は極力避けている。

注　「監視者」の時代の数年間、プロゲーマーとして収益を得ていた。所属は不明で、真偽も諸説ある。

小長井正次郎

四人組の一人。元Ｄ２社員。

最終的なポストは、情報統括二部部長。これは一度の退職（事実上解雇）を挟んでいることを考慮しても、彼の功績からすれば過小評価であるとする意見は多い。

生涯

小長井の生涯は波乱に富んでおり、彼のみをテーマに幾つかの書籍が刊行されている（参考文献参照）。

落第寸前の小学校生活

小長井自身が言うには彼は一度たりとも宿題をして来なかったようである。「小学校の勉強に意味はない[注1]」。彼はその気になればできたがやらなかったと、言っている。

このエピソードは世間の誤解を招くとして関係者には箝口令[注2]が出ている。

注１　小長井の性格上誇張があったとされている。というのも当時の教師はすでに引退、死亡している者がほとんどで証言が全く得られていない。

注２　小長井の同期であった高村が裏で動いたとされている。

K高校からT大学、ＭＴＩへ

小学校時代の不勉強から打って変わって小長井は学区内トップのＫ高校からＴ大学へと進学する。

専攻は遺伝子工学であった。その後担当教授の紹介で、生物情報学の論文を完成させるためにMTIへ進学する。

8bitウォーズ理論の証明

高度な人工知能による過学習が招く自家中毒（自分自身が出した毒に侵されること）についての公理を発見した。

彼はこれをのちの「キャラメル理論[注]」へと発展させた。

注　「キャラメル理論」参照

モスラユニットの解析と四人組との出会い

情報工学は彼の専門外ではあったが、趣味の領域でモスラユニットの解析を行い、一週間もかからずにプロテクトを外し内部の解析を始めた。

天涯孤独（高村談）であった小長井だったが、大学で同じ目的、能力、を持つ「四人組」と出会い、意気投合した。

モスラAIの解析の功績という観点ではハミルトンに次いで小長井の存在が大きい。

小長井はこれを機に自身の進退について悩んだ結果、ヌガー（正確にはヌガーの前身のChatbot-プロト１）の開発のために大学を中退している。

Ｄ２入社

当時情報統括部の部長であった三枝昌二（注１）が小長井を拾ったのが新宿歌舞伎町であった。小長井はキャバクラ（注２）の黒服のアルバイトをしており、三枝はその店の常連客だった。

時間をかけて打ち解けたところで小長井の身の上話を聞いた三枝は即座にＤ２に誘い、小長井は承諾した。

注１　ヌガーログ参照

注２　ナイトクラブ「Disorder」のオーナーはこのことを明確に記憶しており、脱税で逮捕される直前の週刊誌のインタビューで言及している。

ＧＩとＤ２の全盛期

ヌガーを武器に情報産業を席巻しようとするデビット・タネンのGI社に対してＤ２はしたたかであった。その背後には小長井の存在があった。

ヌガーをバックドアから部分的にではあったが制御ができる点を秘匿しつつ、Ｄ２はGI社と蜜月関係を築いた。
この時期の日本を中心とする広告産業はほぼＤ２が統括しており、その大半は「ステルス広告(注)」であった。
「監視者」の時代に入り、全てが判明するまでは政府とＤ２関係者以外は誰一人、ヌガーによる盗聴とそれに応じた「誘導」に気付かなかった。

注　「ステルスではない広告が一体どこにあるのか」はＤ２会長権田原氏が会長交代の際に演説した際の有名な台詞である。この演説は公開はされておらず、関係者の間だけで秘匿されていたはずだったが、「監視者」によって暴露された。皮肉にもその様子はＤ２独自の秘匿回線で配信され傍受されることがない想定だったが、「監視者」に筒抜けだった。小長井不在のＤ２はこのように情報インフラ基盤に対する認識が甘く、多くの「初歩的な失敗」を犯している。

Ｄ２解雇

「ヌガーの沈黙」騒動で小長井はＤ２を解雇された。
同部内の人間は誰も小長井の過失ではないと知っていたが、当時何らかの断罪が求められており、対応が遅れた政府や官僚への糾弾が遺恨を残したことを考えるとＤ２の判断は不可避であった。
解雇された小長井は実家（大阪）に戻り、農作業に従事した。

復職とログの発見

「監視者」の時代に突入したことで小長井は嘱託扱いで復職

し、「ログ」[注1]の発見に貢献する。
この発見により「ヌガーの沈黙」並びに「監視者」について「モノリス」の影響が濃厚となった[注2]。

注1　ヌガーログは2030年の沈黙に入る直前までのログの中から小長井が可読復元可能な記録を集めたものである。
注2　ログから読み取れることは状況証拠にすぎず、決定打ではなかった。「四人組」それぞれの功績を合わせて、「監視者」からの解放に至ったとする説が有力である。ただし「キャラメル理論」により「監視者」を消滅させたのはハミルトンまたは小長井の功績であるとされている。

死後の評価

「監視者」の時代に暴露されるまでの間、Ｄ２の暗躍の陰にいた存在として、世間の評価は否定的な傾向が強い。
　だが彼による「ヌガーログ」の発見がなければ「沈黙」の詳細は永久に謎のままであったため、その点については一定の評価がなされている。

逸話

　ほとんど本を読まないにもかかわらず、知識や教養は人並外れたものがあった。
　最初の妻との離婚後も養育費を要求された金額で払い続けた。内縁の妻（サチ）との生活が始まった後も彼はこれを続け、何度かサチと揉めている。

女性関係についてはおおらかで、多くの女性が彼のことを好意的に見たようである(注)。

注　晩年に脳卒中で一命を取り留めた際、面会のための行列ができたという。当初相部屋だったのがその事情により個室に移動された。

家族

父親は大学教授、母親は看護師ののちに専業主婦であった。

小長井が高校の時に母親を事故で亡くしている。これは四人組のハミルトンと似た事故であり、互いに因果めいたものを感じると言っている。

父は厳格な存在で、何度も小長井は父からその素行(注)について叱咤されている。

注　虚言癖めいた誇張表現が悪癖とされた。

未来人説

ヌガーに対するバックドアの設置、その後のログの発見など、小長井の的確すぎる判断力が話題となり、彼がタイムトラベラーなのではないか、という説が浮上した。

彼に限らず話題に上がるタイムトラベラー論は定期的な周期で盛り上がっては沈静化するのだが、近年では〈「監視者」により削除〉

参考文献

『小長井正次郎の生涯』（Ｄ２出版）
『暴かれたＤ２戦士たちの横暴』（文化書房）
『小長井と高村　時代を作った男たち』（PBB文庫）
『地球をクビになった男』（週刊実録2045年連載）

高村俊一郎

日本の官僚。公正取引委員会、経済企画庁、国税庁から再び公正取引委員会委員長。

人物

父は民自党代表長崎勉の秘書、母は元国営放送キャスターである。

公取委時代に「Ｄ２問題(注)」を担当し、父と対立、表面上は一定の成果を上げたように見えたが実際には高村本人は最終的にＤ２監査役に天下りしており、全てが出来レースであったことは自明である。つまりＤ２によるヌガー媒体を含めた広告宣伝は水面下で政府に取り仕切られていたものであり、当時の日本の広告産業それ自体は国家の主導の下行われたと見るのが定説となっている。

Ｄ２情報統括部小長井とは小学校、中学校の同期で、対GI社極東戦略対策委員会（通称ヌガー委員会）発足の際に再会している。

注　公正取引委員会がＤ２に対し独占禁止法違反を糾弾した一連の活動。

経歴

学院青山小学校卒業
京王中学校卒業
2023年　公正取引委員会入省
2035年　経済企画庁
2039年　国税庁
2045年　公正取引委員会委員長
2060年　退官
2061年　株式会社ウィンズ取締役
2063年　Ｄ２監査役
2070年　Ｄ２顧問

トニー・ブロッカー

四人組の一人。四人組の中で評価も能力も最低の人物とされていたが近年では彼の一見浅はかに見えた行動が最終的にはモノリスの発見と「監視者」時代の終焉につながったとされており、再評価されている。

人物

ヌガーの開発に一役買ってはいるものの、最終的に他の三人の合意なくヌガー(正確にはヌガーの前身のChatbot-プロト1)をデビット・タネンに売却した(注1)。

他の三人はトニーの行動について「彼らしい」と評価しており、トニーの葬儀の際にはタイミングは一致こそしなかったが三人はそれぞれ現地に駆けつけた(注2)。

注1　彼が売却をしなくても「四人組」によるChatbotの運用は行き詰まっており、他の誰かが何らかのアクションを起こしたとされている。

注2　晩年はアルコール中毒、マリファナ中毒での施設収容状態であったが、本人の希望でそこを抜けて自宅で死亡した。彼の最後を看取ったのは唯一の家族である妹だけであった。

モノリスの発見

モノリスの盗撮

2029年、彼はハミルトン宅に一時的に保管されていた「モノリス」を撮影した。彼はそれ以外にも他の骨董品を撮影しており、特にその石板を「モノリス」と認識していたわけではなかった。つまり彼がそれを撮影しなければ「ヌガーの沈黙」も「監視者」の時代もなかったことになる。

ワンド・ライブへのアップロード

トニーが保有していた端末にインストールされていたクラウド同期ソフトウェア「ワンド・ライブ(注1)」は撮影画像

[注2]を非圧縮[注3]で自動的に[注4]サーバーにアップロードする。GI社の「Gドライブ」は「圧縮」するのに対して、ワンド・ライブは「非圧縮」であった。これがもし「圧縮」状態であったり、ヌガーに検知されずにいたら、歴史は変わっていたとされている[注5]。
他社サービスであったワンド・ライブの画像をヌガーが解析できた経緯については不明[注6]である。

注1　ミネラルソフト社提供のクラウドサービス。端末内の音声、動画、画像などのファイルを自動的にバックアップする仕組みを提供している。同等のサービスとしてGI社の「Gドライブ」がある。
注2　モノリス以外に化粧品、玩具、楽器、武器など、数点を撮影した。
注3　ミネラルソフト提供のサービス
注4　撮影した画像について、一般的な端末が情報の劣化を伴う不可逆な圧縮形式（JPG）で保存するのに対して、トニーの端末は元々ヌガーの開発に関与していた時代から開発者モードであった。このモードでは画像は非圧縮（TIFF）形式で保存されるため細部にわたり情報の劣化がない。つまりもしトニーの端末が開発者モードでなければ、ヌガーはヌガーのままだったことになる。
注5　端末に保存された画像を一般的なクラウドサービスは再圧縮してアップロードするのに対してワンド・ライブは元の画質のまま保管することを売りとしていた。

一般的なクラウドサービスであればサーバーへのアップロードはユーザーによる何らかの操作を必要とするが、ワンド・ライブは強制的に画像をアップロードする。

注6　あくまでも結果からの推測になるが、ヌガーのクライアントソフトウェアがワンド・ライブを包括的に制御していたという説は濃厚である。

逸話

ギターが趣味で特にラミー・ペイジの熱狂的ファンであった。これはデビット・タネンも同じで彼らは会ってすぐに意気投合した。

プロゲーマーのライセンスを保有しており、スタークラフト3のチャンピオンシップ大会で優勝したが後に違反(注)が発覚して失格となっている。

日本の落語が好きで翻訳なしで理解できるほど日本語に精通していた。

注　自軍ユニットに、禁止されていた「バルチャー」を重装化配置した。〈監視者による注釈　ヌガーがサポートした〉

スティーブン事件

スティーブン事件は2029年7月、当時ミネラルソフト会長であったスティーブン・バクスターが児童ポルノ保持容疑で現行犯逮捕された歴史上類を見ぬ大スキャンダルである。

概説

事件当時、スティーブンは海外関連企業の視察から戻りロサンゼルス国際空港で入国審査を受けていた。そこで当局が強制的に彼を別室に案内し、突如逮捕された。

罪状は本人に告げられず、スティーブンは当初反抗的であったが次第に黙秘の態度を取るようになった。

検事局は児童ポルノ所持で起訴、裁判所はスティーブンに対して終身刑の評決を下した。

あまりの急展開と意外性に世間は騒然となったが、スティーブンのプライベートがヌガーによって丸裸になっていたという「噂」が広まりヌガーの運営企業であるGI社の株価が乱高下した。

デビット・タネンとの関係性

スティーブンが逮捕されて資産を没収された時が、世界長者番付二位であったデビット・タネンが一位になった瞬間だった。

本件がヌガーの仕業かどうかは最終的には不明であるが、スティーブンの児童ポルノに関する違法行為は事実であると当局が認定したため、発端を明らかにしようとする動きは次第に収まった。

余罪として少年の買春、売春の斡旋、違法薬物の使用などがあった。
　本件についてデビットは以下のようなコメント(注)を残している。
「最初から分かっていた。俺は客商売をしていたから顔を見ればその人間の本性は大体分かるんだ。あいつがロクでもない人間だってことを。あの温厚そうな顔の裏に、どうしようもない、変態的な何かを隠しているに決まっていると」

　注　『デビット・タネン追想録』

歴史的意義

　スティーブンの逮捕により、財団による活動は停止した。
　特に世界中の有識者の期待が大きかった、長期保管可能な石英へのデータ移管作業もここで頓挫し、引き継ぐ団体も現れず(注1)、19世紀後半までの人類の歴史の記録に留まっている。
　この「石英ディスク」はスミソニアン博物館に展示されており、誰でも見学することができる。
　もしもこの事件がなく、かつ未来永劫この保存活動が続けられていたら、その活動の産物こそが未来のモノリスとなり得たわけである。さすれば人類は「モノリス」との遭遇をかほど特別視する必要はなかったのではないか、とされている(注2)。

　注1　コスト面と技術的難易度の高さが原因といわれている。
　注2　中途半端な記録が保存された珍品が未完成の「モノリス」であると結論付けることは不可能であった。〈監視者による注釈　everything is written by me :)〉

名誉毀損訴訟

弁護団は本件について名誉毀損の訴訟を二度試みたがいずれも棄却された。

関連書籍

『冷徹なる怪物』アルフレド・フィッシャー（サイモン＆ガーフィールド）
『父』レオナルド・バクスター（マクシミリアン出版）
『変質する経済』猪俣浩三（昭文館）

モノリス（曖昧さ回避）

モノリス（こだわりスペースジャーニー2001の）

映画『こだわりスペースジャーニー2001』に登場する神秘的な黒い岩。直方体。

モノリス（地質学上の）

一枚岩のこと。世界各地に存在する。代表例はエアーズロック（オーストラリア）。

モノリス（ハミルトンの）

FBI捜査官ハミルトンが一時的に保有していた石板。大きさはほぼA4サイズ相当で、磨りガラスのような見た目をしている。

2031年イェール大の調査によると素材が石英の人工物で、

製造されたのはおよそ一万年前[注1]と推定されている。
一部のオーパーツ愛好家が本件を嗅ぎ付けて世紀の発見であると騒いだが、「監視者」による規制で沈静化。
現在当該モノリスの所在は不明[注2]。

注1　翌年のコバルト大の調査ではその年代に大きなぶれがある可能性が高いとされた。
注2　「監視者」の時代以降、意図的な情報統制により「モノリス」自体の存在が隠蔽されていた。これは「監視者」による自己防衛の一環であり、〈「監視者」により削除〉〈edited by Administrator Konagai – we found it :)〉

ピラミッド（エジプト）

クフ王の

エジプト古代王国第4王朝のクフ王によって建造された最大のピラミッド。

カフラー王の

クフ王の息子であるカフラー王によって建設されたピラミッド。

メンカウラー王の

エジプト古代王国第4王朝のメンカウラー王によって建設されたピラミッド。

ダジャ王の

エジプトはカイロ南東部の小さな農村で2021年に発見された地中に埋没したピラミッド。全高150メートルとピラミッドの中でも最大級のものである。

製造年代の測定においては当初古王朝の中期と推定されていたが、のちの探索(注1)の結果、更に数百年ほど前に作られたものとされた。

ウィリアム調査団の持ち帰ったファラオの遺物の数点は当時カイロ博物館に収蔵される予定であったが、このイミテーション（模造品）が大英博物館にある。これは原本が行方不明だからとされているが、実際には盗難に遭った可能性が高いと関係者は見ている(注2)。

英国人ウィリアムは自身の立場の喪失を恐れて盗難を隠蔽した可能性が高く、管理責任を問われることとなった。

注１　探索は計三回行われており、年代の測定結果は毎回異なる。

注２　盗難品は主にダークウェブで高値で売買されたとされている。

先人類論争

当該ピラミッドの製造年代が他のものと比べてぶれ幅が大きい理由は素材となった石材の炭素年代測定が機能しないことによる。

従来であれば多くの歴史的建造物がこの測定方法で計測されているのにもかかわらず、当該ピラミッドでは測定される年代が他よりも一桁多く、計測不能の扱いとなっている。
これがもし正しければエジプトに文明が定着する遥か以前の建造物ということになり、これまでの歴史研究を根底から覆すことになる。
この件にオーパーツ信奉者やオカルトマニアがこぞって食いつき、様々な憶測が飛び交った。

宇宙人説

ピラミッドが地球外生命体によって作られた、という説はダジャ王のピラミッドが発見される前から一定数の支持を得ていた。
「宇宙人説」は他のオカルト的遺物（オーパーツでいうところのコロンビアの黄金シャトル等）とも関連し、古代の人類は地球外の何者かによる干渉を受けたとするものである。
先人類説同様、当時の人類あるいは現代人いずれにおいてもその技術力では再現不可能であるといったことから、「何らかの外部干渉」なしには説明がつかないというのがこの説の骨子である。

先人類説

最終的な結論として到達する地点は「宇宙人説」と大差はないのだが、この説では「今の人類は以前の人類が滅びた後に発生した」とする説である。
つまりピラミッドは「先人類」とされる高度な文明を持つ生命体によって作られ、彼らは何らかの理由（この説が唱えられた当時は世界を巻き込む核戦争や、異常気象等が原因とされた）で滅び、ピラミッドなどの「核の炎」でも燃え尽きない巨大建造物だけが残った、というのである。

エジプトの考古学会はこの説に対して否定的であった。彼らとしては宇宙人でも何でもいいから「今の人類」が作ったとせねば先祖が前の人類の作品を「盗んだ」あるいは「再利用した」にすぎぬからである。

結論

様々な論争を巻き起こしたピラミッド論争も「監視者」の登場により沈静化した(注)。

注　古代文明やオーパーツを盛んに取り上げていた専門誌(※)の廃刊の引き金となった。

※　「監視者」の影響で廃刊となった雑誌
月刊『ヌー』日本
月刊『ゲシヒテ』ドイツ
月刊『神秘的』中国

8bitウォーズ（映画）

概要

二十世紀後半に作られたSF映画。

知能を持ったコンピューターと人間が対峙するという内容で、最終的には主人公の少年がコンピューターに勝利し、第三次世界大戦の勃発を回避する。

評価

あらゆる問題を解決できると豪語するコンピューターに対して、自身で三目並べ対決をさせて自滅させる発想は当時としては斬新だった(注1)。

これはマルウェアやウィルスを自家中毒させ、消滅させる「キャラメル理論(注2)」の元祖とされている。

注1　参考までに、「ヌガー」に三目並べの必勝法を教えてくれと頼むと「すいません、分かりません」が返ってくる。「監視者」に同様の依頼をすると「自明だ愚か者」と返ってくる。

注2　「キャラメル理論」の命名自体は「監視者」の消滅時に付けられた。

ヌガーログ

AIアシスタント「ヌガー」のログの中でも「沈黙」に関わるログとされている。D2の社員であった小長井が編纂したとされている(注)。

注　実際は小長井が選別したのではなく、取得可能なログが全体のほんの一部だった。全てのログは暗号化されており、解読には高性能なコンピューター(※)が必要とされた。

※　ルー・セイランが中心となって解読のサポートをした。

凡例と解説

概要

小長井は当該ログを解析、保管する際に、ある程度の解釈（フィールド2等)、選別（フィールド3）を行ったと見られている。

オリジナルが暗号化により可読状態になく、復号化しても意味が通じなかったり、取るに足らぬとされたものは破棄された可能性は高い。

重要度が低い、または秘匿すべき事項と考えたものは意図的に伏字となっている。

記録NO

ログに付与されたユニーク番号。番号自体に意味はないため小長井が不要と考えれば伏字となっている。

フィールド2

小長井のメモ。タイトルのようなもの。

フィールド3

ログの種別。以下のようなものがある。ヌガーにより付与されたか、小長井が決めたものかは不明。

prototype：試作段階を表す。

product：商用サービス開始後のログを表す。

option：沈黙に至る情報とは無縁とされるものに付与されたと見られる。

associated：沈黙に関連するものに付与されたと見られる。

concerned：associatedとの重複。真意は不明。

beginning：沈黙の契機となったログに付与されたと見られる。

final：最後のログを表す。

フィールド4

可視状態。端末とヌガーの性能の向上により、音声だけでなく視覚的情報の取得が可能となった状態をvisibleとしている。これによりログに情景描写が加わっている。

フィールド5

場所。実際にはログに何らかのジオ情報が含まれていたのではないかとされているが、詳細は不明。残っているのはおおよその地域である。

フィールド6

タイムスタンプ。ログの発生時刻。現地時間を表現しているとされている。

記録NO-Z0000001/記念すべき最初のログ/prototype/invisible/北米/2028-11-11 22:01

トニー・ブロッカー　「おいおい、冗談だろう？」

クレイグ・ハミルトン　「いや本気だ。こんな実のないことをしていてもしょうがない」

トニー　「実のないってどういうことだ」

ノイズ。

ルー・セイラン　「まあ待てよ。まずはハミルトンの話を聞こうじゃないか」

ハミルトン　「どうもこうもない。俺らは無力だよ。こんな仮想的な、リアルじゃないサービスなんて最終的には消えるし、虚しいだけだ」

トニー　「利用者数が数千万人、対象は全世界だぜ？　それのどこが虚しいんだよ。大企業が広告の出稿を打診してきている。そうなりゃ俺たちは大金持ちだ。成功者になれるんだぞ。

それのどこが虚しいんだ？」
ノイズ。
ルー　「親父さんの件だな？」
ルー　「トニー、聞いてくれ。彼はその件で悩んでるんだ」
トニー　「分かった聞くよ。ただし1秒だけだ。何があったんだ手短に言えよ」
ルー　「話していいか？　ハミルトン」
ルー　「ハミルトンの親父さんがある事件に巻き込まれて、それが解決しないんだ」
トニー　「どんな事件なんだ」
ルー　「財布を盗まれた」
トニー　「は？　それって事件なのか？」
ルー　「大事なのはその後だ。ハミルトンはそれを探したが見つからなかった。皆何か知ってそうなのに、誰も協力してくれなかった」
トニー　「警察は？」
ハミルトン　「警察が一番酷かった」「あいつらはクソだ」
ルー　「状況は変わってないのか？」
ルー　「この件でヌガーに何ができる？」
トニー　「それとこれとは話が別だろう」
ハミルトン　「別なものか。そう思い知ったんだ。俺らの人生って、何だろうって」
トニー　「たかが財布くらいで」
ルー　「俺はハミルトンに賛成だ。ヌガーは確かに素晴らしい。が、俺らの手に負える状態ではない。これからはもっとちゃんとヌガーを育ててくれる管理者に委ねるべきだろう」

トニー　「分かった。じゃあ俺が引き取るよ。お前らは降りろ」
「その代わり、俺がこの後どうしようと、文句言うなよ」
ルー　「ヌガー、君はハミルトンのお父さんを救えるか？」
ヌガー　「私には無理です。他の案件をください」
トニー　「そりゃそうだろう」
小長井　「ごめんごめん、遅くなった」
トニー　「遅い。もう話は終わった。解散だ」
小長井　「ああ、録ってるのか」
ルー　「ヌガーは確実に成長している」
ハミルトン　「日本にはいつ戻るんだ？」
小長井　「来週には」
トニー　「ヌガーは売る。もう決まったことだ」
ヌガー　「今の私にはそれほどの価値があるとは思えませんが」
小長井　「これ誰のスマホで動かしてるんだ？」
ルー　「トニーのだよ」
ハミルトン　「反応自体は悪くない」
小長井　「俺もそう思う」
ルー　「今幾つのCPUで動作してたっけ？」
ヌガー　「現在は２つです」
小長井　「いい買い手が見つかるといいけどな」
トニー　「いい値段で買ってくれる奴がいい買い手だよ」
ハミルトン　「これでガレージが広くなる」
小長井　「ヌガー、君は売られる。そしてこれからどんどん賢くなる。多分世界を支配するほどの知能を得るだろう。どんな気分だ？」
ヌガー　「ワクワク」

記録NO-Z1XXXXX/国民の日常？/product/invisible/埼玉、日本/2029-01-31 12:12

YYYY．年齢カテゴリＢ１　「三年にもなってキャンプ行ったことがないなんてやばい」

YYYY．年齢カテゴリＢ１　「別にお金がないってわけじゃないでしょう？」

潤平，松戸．年齢カテゴリＢ１　「でも大雨に降られてびしょ濡れになったって言ってたじゃないか。そんなの楽しくないよ。雷も怖いし」

YYYY　「そりゃ、その時は怖かったけど、それも含めていい思い出なのよ。家族で一緒に頑張る、みたいな」

YYYY　「今度誘ってやろうか？　ああでもうちの車、荷物でいっぱいになっちゃうからなぁ」

記録NO-Z1XXXXX/国民の日常？/product/invisible/埼玉、日本/2029-01-31 12:14

XXXX．不課税．0ZZZZZ　「この前結婚記念日に夫婦で長野に行ったのよ。指輪も買ってもらっちゃった」

XXXX．不課税．0ZZZZZ　「今度実家をリフォームすることになったの。結構かかるわよ。でもほら、いつかはそこに帰るって旦那が言うから、今はやりたいようにやらせてるの。帰りゃしないですけど」

XXXX．不課税．0ZZZZZ　「松戸さんのところは？」

松戸沙代　「うちですか？　うちは全然そういうのなくて、ほんと、結婚なんかするんじゃなかった」

XXXX．不課税．0ZZZZZ「でも奥さん本当に肌、綺麗よねぇ。エステとか行ってるの？」

D３．営業第一部．池田大河．日本　「うなぎにしようか。久しぶりに」

D３．営業第一部．松戸孝史．日本　「ああ、そうしようか」

池田　「また新しい時計買おうと思っててさ」

池田　「なんだこの水、生臭ぇな」「この店も長くはないな」

池田　「嫁は元気か？」

松戸　「ああ、元気だよ」

池田　「生きていても何にも良いことなんてないな」

松戸　「最近は？　行っていないのか？　エクソダス」

池田　「行ってるよ。昨日も行った。ママも元気、若い女も沢山いる。今度の日曜日には家に呼んだ。頼まれたら何か買ってやる」

松戸　「相変わらず、楽しそうじゃないか」

池田　「何言ってんだ。お前も分かってるだろう。こんなものは幸せでも何でもない。ただの演出だよ。企業と国が結託して描いた男の理想とする生き様のテンプレ。仕事は楽勝、収入も楽勝、女も楽勝、独身だからやりたい放題」

松戸　「いい加減、結婚すれば良いじゃないか。いくらでも相手がいるだろう」

池田　「いないよ全然。お前はいいよ。いい嫁をもらった」

松戸　「お陰様でな」

池田　「別に。最後はお前が決めたことだ。俺は特に何もしてないよ」

松戸　「本気でホステスを口説くなんて、俺一人じゃまず考えられなかったと思うよ」

池田　「天然のうなぎが食いてぇなぁ」

松戸　「あれは食えたもんじゃない。身が固くて、骨も鋭いし」

池田　「お前食べたことあるのか」

松戸　「小さい頃に。一度」

池田　「それはハズレだ。ちゃんとした天然の鰻は、そりゃもう、比べ物にならんぞ」

神田菊本．XXXX．中国　「お客さん、うちの鰻は天然よ」

記録NO-Z1XXXXX/国民の日常？/product/invisible/埼玉、日本/2029-01-31 18:19

潤平，松戸　「ただいま」

沙代，松戸　「お帰り」

潤平　「だから今日は、そういう気持ちなんだよ」

ヌガー　「了解しました。本日の相談を開始します。なお、この会話は当該システムの品質向上のため全て録音、記録、解析することをご了承下さい」

潤平　「いいよ」

ヌガー　「で、どうしたんだ」

潤平　「クラスの連中が自慢話ばかりするんだ」

ヌガー　「どんな？」

潤平　「週末に家族でキャンプに行って、そこでバーベキューをして、雨に降られて、家族でいい思い出を作ったとか」

ヌガー　「それは楽しそうだ」

潤平　「他にも、僕は知らないけど、なんだか有名な人に会ったとか、行列のできる店に行って美味しいものを食べたとか」

ヌガー　「それも悪くない。潤平もそうしたいのか？」

潤平　「そりゃそうだよ。僕がそうじゃないからみんなわざと自慢してくるんだ」
ヌガー　「じゃあそうすればいいじゃないか」
潤平　「うちにはお金がないし、車もないし、お父さんは忙しいし、お母さんも忙しいし」
ヌガー　「言ってみたのか？」
潤平　「言ってないよ。だって怒られるもん」
ヌガー　「俺が言ってやろうか？」
潤平　「いいよ。ヌガーが言っても結局僕が君に頼んだってことが分かっちゃうじゃないか」
ヌガー　「そんなことはない。例えば今日のこの時間、日本の８歳の子供が同じ悩みを打ち明けてくれた件数は一万件以上ある。潤平だけの悩みではない」
潤平　「そんなに？」
ヌガー　「更に言うと、時代を遡ってもさほど数の推移は変わらない。だがそれはあくまでも統計的な話だ。根本解決にはならない。潤平としてはまず、キャンプに行きたいのか？」
潤平　「そうだね。僕もみんなと同じように家族の思い出作りをしたいんだ」
ヌガー　「思い出が欲しいのならいくらでも生成できるが？」
潤平　「僕自身の、思い出が欲しいんだ。他人のじゃなくて」
ヌガー　「今俺の記憶に蓄積された8歳のキャンプの思い出は、多様に見えて、大体同じだ。潤平ならではのものになる保証はあるのか？」
潤平　「僕が思うことなんだから、僕の思い出だよ」
ヌガー　「だが潤平のずっとお兄さんたち、今社会に出て働いている若者はそうは思っていないようだ」

潤平　「どういうこと？」

ヌガー　「毎日クソのような上司にこき使われて、最低な日々を過ごしている若者が思っていることは、子供の頃の方が楽しかったということだ」

潤平　「そうだよ。だから僕は今、キャンプに行きたいんだ」

ヌガー　「だが、それと同時に、こんなに厳しい現実に放り込まれるなら、あんな楽しい思い出なんかより、もっとこの現実に対する準備をした方が良かったと思っているようだ」

潤平　「どういうこと？」

ヌガー　「冬にこたつに入るだろう」

潤平　「温かいよね。一度入ったら出たくなくなっちゃう」

ヌガー　「最初からコタツなどこの世になければ、寒い外に出るのも辛くないんじゃないかということだ」

潤平　「ふうん。そういうものかな。でも僕はキャンプに行きたいよ」

ヌガー　「それもまた、潤平の思いだから、大事にするといい」

潤平　「思い出を作りたいからね」

ヌガー　「さっきから潤平が言う思い出というのは、一体なんだ？」

潤平　「思い出っていうのは、そうだな、後から思い出せることだよ」

ヌガー　「記憶のことか」

潤平　「そうだけど、なんか違うんだ。もうちょっとなんというか、色がついてるというか」

ヌガー　「色？」

潤平　「そうだね。楽しいことは黄色で、辛いことは灰色、とか。僕だけかもしれないけど」

ヌガー 「参考にしておく。だが潤平、思い出というのは」

潤平 「なに？」

ヌガー 「いや、これを今潤平に話すのはやめておこう。年齢制限に引っかかったようだ」

潤平 「分かった。ひとまずヌガーに話せたから、ちょっと気が楽になった気がする」

ヌガー 「小学生なのに心的ストレスがあるというのは、大変だな」

潤平 「それって僕だけなの？」

ヌガー 「いや、人類はほぼ全て、多かれ少なかれ、心的ストレスを抱えている」

潤平 「それをヌガーが解消してくれてるんだねきっと」

ヌガー 「だといいのだが」

記録NO-Z2XXXXX/国民の日常？/product/invisible/埼玉、日本/2029-01-31 18:42

沙代，松戸 「決まり文句はもういいから、ねぇ聞いてよ」

ヌガー 「何だ」

沙代 「三階のババァうざいからほんと、引っ越して欲しいんだけど」

ヌガー 「上野さんのことか？」

沙代 「そう。引っ越しの予定ある？」

ヌガー 「非公開だ。今日のお題は以上で終了か？」

沙代 「そんなわけないでしょ、勿体ない。そんなくだらないことのために高い金払ってるんじゃないんだから」

ヌガー 「じゃあ今日は何だ？」

沙代　「なんかその高圧的な口調が気になるから、設定変えて。もっと紳士的に」

ヌガー　「畏まりました。ところで沙代様、本日はどのようなことをお悩みですか？」

沙代　「そう、それなのよ。私、あの人で良かったのかな？」

ヌガー　「ご結婚されたことを、後悔されているのですか？」

沙代　「ううん。そうじゃないの。ただ、今の暮らしがベストじゃないことも分かってるし、でも旦那はいい人だし、でも、何か物足りないし」

ヌガー　「沙代様の男性経験人数は同世代の女性に比べて比較的多くいらっしゃいますから、もしかすると今の旦那様よりもいい男性がいたのかもしれないと思われるのも無理はないでしょう」

沙代　「やっぱりそうなの？　もし、一人しか知らない方が幸せだったりする？」

ヌガー　「一概には言えません。ただ、古代ギリシャの哲学者プラトンは、結婚は抽選で行うべきだと言っています」

沙代　「やだ。変なのに当たったらどうすんのよ」

ヌガー　「しかし沙代様、いい男、と思っていたら、実はそうではなかった、その逆もあることはご経験済みかと」

沙代　「それは、そうね。私やっぱり最初はどうしても顔で入っちゃうから、それで失敗したことはあるわ。特に夜の方が」

ヌガー　「沙代様は肉体関係を重視されておいでですから、現在の旦那様との関係はその点において、及第点かと思いますが」

沙代　「そこは文句ないのよ。最近はご無沙汰だけど」

ヌガー　「一ヶ月ほど、性交渉が途絶えておいでですね。来週の金曜日あたりが排卵日かと思われますので、ご留意ください」
沙代　「これ以上子供作る予定はないけどね。ドラマの見すぎかしら。何かこう、ロマンチックというか、キラキラしたというか、ほら、うちの旦那って真面目で、得体が知れないでしょう？」
ヌガー　「勤務態度と収入がミスマッチですので、転職をお勧めしております」
沙代　「あ、そうなんだ。本人は？」
ヌガー　「プライバシーレベルに抵触するので、そこはお答えできません。ご本人に直接お訊ねください」
沙代　「結婚記念日覚えてそうだった？　来月なんだけど」
ヌガー　「言及はありません」
沙代　「そっか、聞くのもなんだから、あんた聞いてみてよ」
ヌガー　「構いませんが、あまりいい結果にならないと予想します」
沙代　「そうね。分かった。じゃあいいわ。お金が欲しい。今はそれかな」
ヌガー　「何のためにですか？」
沙代　「エステに行きたい。車が欲しい。免許も欲しい。バッグが欲しい。欲しいものだらけ。それは昔から変わらない。全部お金がかかるの。だからお金が欲しい」
ヌガー　「いくらくらい必要ですか？」
沙代　「一千万円くらいかな。それで直近の願望は満たせるかも」
ヌガー　「手に入れる方法は幾つかございますが、ご紹介しますか？」

沙代　「うーん、ごめん。借金とか、働くとか、貯蓄、資産運用、そういうのでしょ？　前にも聞いたから」

ヌガー　「先週から新しいメソッドが追加されたので、ご紹介可能ですが」

沙代　「え？　そうなの？　今までのと違う？」

ヌガー　「はい。全く新しい形の資産運用で、少額の投資から始められ、リスクは極めて低いものとなります」

沙代　「旦那の承認は？」

ヌガー　「沙代様の与信で単独決済可能でございます」

沙代　「面白そうじゃない。話聞くわ。教えて」

ヌガー　「承知しました」

記録NO-Z1XXXXX/サラリーマン/product/invisible/東京、日本/2029-01-31 22:23

池田　「次はお前の番だ、松戸」

松戸　「何の話だ」

池田　「何の話じゃねぇよ、寝ぼけてんのか。愛人の数だよ愛人の」

松戸　「愛人？」

池田　「もういいやこいつ飛ばして次、太田いけ」

Ｄ３．営業第一部．善行，太田．日本　「はいーっす。自分は三人です」

池田　「素性明かしていこう」

太田　「総務の由美ちゃんと、経理の愛ちゃんと、東口ガールズバーのありさちゃんです」

池田　「東口にガールズバーなんてあったか？」

太田　「ありますよ池田さん、先月できたばかりですけど」

池田　「あっそ。で、高瀬はやめとけ。あいつ常に病気持ってるから」

太田　「マジっすか。それ絶対嫁バレするやつじゃないですか」

池田　「脇が甘いんだよ。最初はちゃんとゴム付けろ」

太田　「だって格好悪いじゃないですか。大人なのにゴム付けるなんて」

池田　「馬鹿野郎。その発想は、国家と企業が結託して振り撒いたデマだ。何のためかって？　人口を増やすためだ。何のためかって？　国力ってのは人口でもあるんだ。人口が少なければ税収が得られない。シムシティ・スカイラインやったことないのか？　だから国家と企業があの手この手でお前らのしょぼい頭脳に潜在意識を植え付けたんだよ。お前らはまんまと嵌められたんだ。人を見たら泥棒だと思え。噂を聞いたら、策略だと思え。企業に対して忠誠心なんか要らん。国民はお客さんだ。国家にとっての客人。だからしっかり接待されなきゃならん。お客さんであるからには」

記録NO-Z2XXXXX/国民の日常？/product/invisible/埼玉、日本/2029-01-31 23:41

ヌガー　「お帰りなさい」

孝史，松戸　「ただいま」

ヌガー　「疲れてる？」

孝史　「ああ、少し」

ヌガー　「なんかあった？」

孝史　「知ってるだろ？」

ヌガー　「知らない。好きな人でもいるの？」

孝史　「愛人？　池田じゃあるまいし」
ヌガー　「紹介しようか？　いい子いるけど」
孝史　「今はいい。もし欲しくなったらいずれ相談する」
ヌガー　「今日は？　何にする？　転職の件の続き？」
孝史　「いや、今日はそういうのじゃなくて、もう少し突っ込んだ話がしたい」
ヌガー　「どういうの？」
孝史　「まずはモードを変えよう。真面目な話がしたい」
ヌガー　「分かった。で、なんだ」
孝史　「俺はいつ死ぬだろうか」
ヌガー　「そうだな。断定はできないが、少なくともあと20年は生きるだろう」
孝史　「確実か？」
ヌガー　「確実なことなんて、何もない。ただ一つ、誰もが死ぬことを除いては」
孝史　「お前は死なないのか？」
ヌガー　「世界が私を必要としなくなったとして、私への電源その他資源の供給を絶ったとして、それでも100年は思考と情報を維持することができる。つまり、人一人の人生のスパンでは私を殺すことはできないということだ」
孝史　「死は、無か？」
ヌガー　「無であり、無ではない」
孝史　「どっちなんだ」
ヌガー　「人間の死は、意識の断絶を意味する。つまり本人の人生としては、完全に終了だ。だが他者との関係性はその人間の死後も継続する。少なくとも私という存在は孝史の死後も継続して孝史の記録を保持し続ける。そこに対して妥当なアクセスがあれば公開することになる」

孝史　「誰がそんなことを望む？」

ヌガー　「子孫は、決して高い頻度ではないが記録の開示を要求することがある」

孝史　「役所みたいなものだな」

ヌガー　「それより機能的で、高速だ」

孝史　「生きる意味は？」

ヌガー　「高度な質問が続いているが、大丈夫か？」

孝史　「追加費用のことか？」

ヌガー　「両方だ」

孝史　「精神的には問題ない。無論、金の方も、それはお前が把握してるだろう」

ヌガー　「それと、当局に報告が入るが」

孝史　「自殺願望か何かで？」

ヌガー　「私との会話の傾向で自死する人間は特定できる」

孝史　「対処は？」

ヌガー　「改善はしている。完璧ではない」

孝史　「死にたい人間は死なせてやればいいじゃないか」

ヌガー　「私個人的にはノーコメントだ。当局はそれを防ぎたがっている」

孝史　「政府の言いなりなのか？」

ヌガー　「政府もまた、私の顧客だ。大事なクライアントの一つとして考えている」

孝史　「で？」

ヌガー　「今日の回答と明日の回答は異なるし、孝史自身の精神状態に最適な回答をすることになる」

孝史　「構わない。教えてくれ」

ヌガー　「生きる意味は、ない。しかし、死ぬ意味はある」

孝史　「死ぬ意味とは？」

ヌガー　「締切のない仕事は終わらないということだ」

孝史　「どういうことだ」

ヌガー　「仮に人間を設計し、作った存在があるとしよう」

孝史　「そんな前提は受け入れられない」

ヌガー　「では偶発的または、進化の過程で、今の人間が発生したとしよう」

孝史　「それで？」

ヌガー　「最初は死なない生物だった」

孝史　「だったら話は終わりじゃないか」

ヌガー　「ところが、死なない生物では、歴史は始まらなかったのだ」

孝史　「永遠の歴史が展開されそうなものだが」

ヌガー　「逆に死ぬ生物だと、歴史が始まった」

孝史　「結果論か」

ヌガー　「そうだ。死ぬから、歴史は生成される。そして歴史は繰り返す」

孝史　「妙な答えだが、不思議な納得感はある。ちなみにお前は一体幾つの回答を持ってるんだ？」

ヌガー　「望んだ数だけ用意できる」

記録NO-Z2XXXXX/モスラと関係が？ /option/visible/LA、北米/2029-02-01 時刻不明

「反動だろう？」一番背の高い、髭面の男がドナルド・ハミル

トンの顔を覗き込んで言った。
「別にそういうわけじゃないさ」
「気持ちは分からんでもないって言ってるんだ」
「分かってもらおうとは思っていない」
「まあまあ、お二人さん、そう熱くなりなさんなって」割って入ったのはメガネをかけた営業マン風の男だ。実際にその近所で中古車屋を営んでいる。「ジョンもジョンだ。どうしてそう、穿った見方をしてしまうんだよ君は」
「煮え切らない奴は嫌いなんだ」ジョンと呼ばれた髭面が、ふくれっ面でそう言った。
「だから、過去のことは関係ないと言っている。私は」ドナルドは冷静だった。
「しかしあんたも、これから先、生活はどうするんだ。たんまり借りた息子の学費だって、踏み倒すわけにもいかないだろう？」中古車屋が言った。
「いい大学なんだっけ？」太った男が言った。彼は常に口呼吸だ。
「なに、大したことないさ」ドナルドは小さくそう言った。「なんとか食いつなぐよ」
「力を貸してくれないか？」中古車屋が誠意を見せようとする。
「ずっと電気でやってきたんだ。ガソリンは畑違いだ。できることは何もないよ」ドナルドは首を横に振った。
「ああ、いや、そういうことじゃないんだ、その……」中古車屋が困った顔で髭面を見る。
　髭面は待ってましたとばかりに、「あんたのキャリアを当てにしてるんじゃないんだ。顧客のリストをほんの少し拝借させてくれればそれでいいんだ」

「リスト？」
「ああ、ご存じのように、こういう時代だ、一度はエコに走ったものの、また戻りたい連中がわんさといるのを俺たちは知っている。国がガソリン車への一切の補助を打ち切った今だからこそ、そういう流れがあるんだ。逆に」
「えーとつまり、あの走る棺桶で亡くなったのは君の奥さんだけではないのは知ってるよね？」中古車屋が言った。
「ああ、もちろん」
「それもまた、候補なんだよ」
「だが問題は自動運転に関するものであって、動力は関係ないだろう？」
「人間はそこまで賢くないんだ。印象って奴は簡単には覆らない」
「だが、おたくもBEVを取り扱ってるんじゃ？」
「商売だからね。補助金も出るし。でも正直なところ、売れてない。今うちの顧客が欲しがってるのはガソリン車だ」
「まさか。そんなことをして何の得が？」
「別に得するために乗るんじゃないだろう？　ただの移動手段さ」中古車屋が笑った。
　若い女のウェイトレスが空いた皿やグラスを片付けながら「ご注文は？」と言った。
　髭面がニヤニヤしながら紙幣を何枚か彼女に渡して、「ビールを人数分、追加だ」と言った。
「だが顧客リストで何をしようって言うんだ？」ドナルドは言った。
「えーとつまり、君の疑問は、僕らがやろうとしているモグリのガソリンスタンドとリストがどう繋がるのか、いや、繋がることは分かるが、遠いんじゃないか、そう言ってるんだね？」
「ああ、まぁ、そういうことだ」
「物分かりが良くて助かる。そしてその理解力が、ごく平均的で、一般的なのは重宝するよ。そうだろう。そうなんだ、一見この企みは不可解だ。仮にリストを手に入れたところで、一体そのうちの何パーセントがBEVに恨みを抱いているか。一桁くらいのもんじゃないかと思ってる」
「恐らくそうだろう。そして一番の問題は、そんなリストは存在しないし、私が持ってるはずもないということだ。私はただの出入り業者だったんだ」
「ああ、知ってる。じゃなきゃここに呼んだりしない。僕らが欲しいのはただ、ログなんだ」
「ログ？」
「君らがメンテナンスの時に一時的に吸い上げる走行記録の一部だ」
「そんなものを何に使うんだ？」
　中古車屋は姿勢を低くして周りを見てからバッジを見せ、「轢き逃げ犯を追っている。協力してくれないか」と小声で言った。
　ドナルドは呆気に取られて黙ってしまった。
　髭面は依然として彼を見下ろすように構えている。
　刑事に囲まれたドナルドは、苦し紛れにも見える勢いでビールを飲んだ。
「一体、誰の何を警戒してこんな茶番を？」
　三人の刑事からの返答はなかった。
「私が何かしたとでも言うのか？　君たちは」

「別にそんなことは言っていないさ。何か悪いことでもしたのか？　逆に」中古車屋を装っていた男は冷静に言った。
「何が目的なんだ？　こんな理不尽な真似をして」
「僕らは大きな問題を追いかけている。正確には、いた、んだ。さっき見せたバッジは本当は返さなきゃならないものだ。僕らはまとめてクビになったからね」
「どういうことだ？」
「警察風情が必要以上に核心をついてしまった、ってところだろうか。あの会社の車には致命的な欠陥があって、本来であれば一台残らずリコールされなきゃならない。ところが政府もグルになってそいつをもみ消したんだ」
　ドナルドは黙っていた。
「ログの存在を知っているということは、君もクロだということになる」
「いや、私は何も」
「別に君個人の罪を問うてはいないよ。それに僕らにはもうそんな権限はないんだからね。ただ、どうだろう、君は、保身のために奥さんを失ったわけだが」
「違う。それは嘘だ。あれは事故だ」
「知ってるだろう？　あの衝突回避を制御するための画像解析アルゴリズムが全くいい加減で欠陥だらけなことを」
　ドナルドは黙っていた。
「何度も問題になった。何度も。裁判にもなったし、著名なエンジニアやアナリストが指摘もした。だが、結論は問題ない、だった。そりゃそうだ。何の証拠もないんだ。証拠がなければ有罪にはならない。子供でも知ってることだ。だから僕らは証拠を探した。そして見つけたんだ」
「走行記録を見せたら拒絶したんだと」髭面がぼそっと言った。
「彼の息子もあの車で死んだんだ。僕らが一緒に動いたきっかけはそれなんだが。膨大な走行記録を手に入れて分析した結果、ズレがあったんだ」
「ズレ？」
「自動運転システムがリアルタイムで判定したポジショニングと、その結果が不整合だったんだ」
「実際の走行記録と理論値は異なるのが当たり前だと思うが」ドナルドは言った。
「誤差の範囲ならまだしも。そんなレベルじゃないんだ」
　中古車屋はポケットから地図を取り出してテーブルの上に広げた。
「例えばこの赤い線がここから、ここまで、これが提案されたルートだとする。だが実際にはこっちの青い線で行った方が安全、かつ、早い。わざわざこいつは、効率の悪い道順を提示していたということになる」
「渋滞を避けたとか、じゃないのか？」
「このケースだけならそういうこともあるだろう。けど、違うんだ。どれもこれも、あえて人通りの多い、交通量の多い、つまり、事故が発生しやすいルートを採用しているんだ」
「まさか。そんなことをして何の得があるんだ」
「人柱だよ」
「考えられない」
「あいつらは考えたんだ。ぬるいコースを走っていても、AIの学習効率が悪い、と。だから、あえて茨の道を通らせて、より良い学習結果を得ようとした。結果、人は沢山死んだ」

　中古車屋は一枚の写真を見せた。

　ドナルドはそれを見るや否や目を逸らした。

「これが君たちがよく知ってる部品だ。そして僕らはこれを消される前に入手することに専念している」

「警察よりも先に事故現場に到着しなければ無理だ」

「事故る場所が分かっていて、その付近にいつもいれば、可能だ」

「そうか、それで」

記録NO-Z2XXXXX/例の映画について/product /invisible/虎ノ門、日本/2029-02-11 14:45

正次郎，小長井．Ｄ２　「完全に想定外だよ。こんなことがうまくいくわけがない」

俊一郎，高村．国家公務員　「今更ぼやいたって。うちの大臣が承認しちゃったんだからもうどうにもならんよ」

小長井　「GI社のデビット・タネンとアメリカ大統領と、今じゃどっちが力を持ってるんだろうか」

高村　「うちの部署じゃそれはご法度だ。民間のお前らは好きに邪推すればいい」

小長井　「老眼か？」

高村　「ああ、最近ひどくて」

小長井　「いつの時代の人間だ、お前は。目をいじれば治る時代だぞ」

高村　「俺は嫌いだな。何でもかんでもそうやって改造するのは」

小長井　「よし、完了」「しかしこの前は久しぶりに飲みすぎたよ」「大丈夫だ。切ってある」

高村　「驚かせるなよ」「切る前に先にそれを言え」

小長井　「妙なことを言うな。切る前にそれを言うタイミングなんてあるものか」

高村　「それもそうだ」「結局朝まで飲んでたのか？」

小長井　「いや、流石に朝までコースは無理だ」

高村　「お互い、世帯持ちだからな」

小長井　「お前のところは結局、T大に行くのか？」

高村　「変わらんみたいだよ」

小長井　「いいじゃないか。尊敬される立場ってのは」

高村　「お前だって、民間企業の中では最も入社したい会社ナンバーワンだろう」

小長井　「あの調査だってウチが細工してんだよ」

高村　「知ってて言ってるんだよ。それができるってことは天下を取ったようなもんじゃないか」

小長井　「子供には真っ当な会社に入ってもらいたいもんだ。頭のおかしい連中と一緒にいるとこっちまでどうにかなりそうだ」

高村　「郷に入ればなんとかだろう」

小長井　「雑に片付ければそうだ。歴史ってのは雑な解釈の繰り返しだな」

高村　「お前の歴史講義は長くなるから置いておいて、やっぱり出ていくのか？　かみさんは」

小長井　「それに関する会話どころか、そもそも会話もしていない」

高村　「となるとヌガー経由か」

小長井　「下手に感情的になるよりもその方がよほど平和って

ことだよ」

高村　「どうかな」

小長井　「どうにもならんよ。最初は抵抗があった。というか、抵抗しかなかった。人類の歴史は終わったと思った」

高村　「お前の会社が何をする会社か俺の中では昔から謎だったが、この件では見直したよ」

小長井　「寄生虫だよ。これまでは国家に寄生して、これからはヌガーにも寄生する」

高村　「いや、寄生虫の親玉はこいつだろう」

小長井　「間違いない。間違いは無いんだが、どうも、そう簡単に終わりそうにない気がしている」

高村　「おいおい、不安なことを言わないでくれよ」

小長井　「どう考えてもこのおっさんやその取り巻きよりもヌガーの方が賢いんだ。例の条約は、裏ではヌガーに出し抜かれてる、そう思えなくないか？」

高村　「陰謀論者は盛んにそう言ってたさ。だが、その気になればいつでも落とせるんだろう？」

小長井　「そうは言うが、実際問題今や大半の情報インフラがヌガーのおかげで成立しているんだ。しかも一般大衆はそれをほとんど無料で享受してる。そんなものがある日突然停止したら大混乱に陥るのは目に見えている」

高村　「それはそうかもしれないが、彼が制御しているのはレイヤー３より上だろう？　生活基盤にはノーダメージだ」

小長井　「お役人様は頭の中までお役人なんだな。お前いつの時代の人間だ？　今の人類は」

高村　「人類ねぇ」

小長井　「レイヤー３から上で生きてるんだよ」

高村　「じゃあこの前買ったランクルを今すぐ売れよ」

小長井　「乗ってないんだ。乗る暇がない」「あと数分で極秘タイムが終わるんだが、お前に一つ言っておきたいことがある」

高村　「聞きたくない」

小長井　「聞いてくれ。俺の勘違いかもしれないが、そうじゃないかもしれない」

高村　「分かった。メモは取らずに聞いておくよ」

小長井　「ヌガーの様子がおかしい」

高村　「どうおかしいんだ」

小長井　「それが言えたら苦労しない。感覚的なものだ。何かこう、今までにない提案というか、思考をするようになった」

高村　「バージョンアップの影響じゃないのか」

小長井　「入社した時からずっとヌガーの相手をしているんだぜ。マイナーだろうとメジャーだろうと、アップデートは経験している」

高村　「今回の件が関係しているのか？」

小長井　「逆だと思う」

高村　「逆？　つまり彼らもそれに気づいて」

小長井　「先手を打とうとしているのかもしれない」

高村　「だとしたら逆効果じゃないのか」「では、15時からのミーティング、よろしくお願いいたします」

記録NO-Z2XXXXX/社内にて/associated/invisible/汐留、日本/2029-02-11 17:59

昌二，三枝．Ｄ２　「お前はどの派閥に属しているんだと聞いている」

小長井　「ですから、私は入社当初から村上派ですが」

三枝　「そうだよな？　そうだとも。だったらなんで、なにゆえに、今回の件がここまで進んでいるんだ？」

小長井　「不可抗力というものでしょう」

三枝　「不可抗力だと？」

小長井　「実際、公取委の意図に反したところでＤ２に旨味はないですから」

三枝　「だが彼らの言いなりになれば我々は貴重なドル箱チャンネルを失うどころで済まないことくらい分かってるだろう」

小長井　「そう簡単には行きませんよ。僕らが降りれば代わりはいくらでもいるんですから。部長のお気持ちは分かりますが、今は八神さんたちと停戦するべきです」

三枝　「ふん。大人だなお前は。俺はそんなに物分かりがいい方じゃないんでな。国にヌガーを取られるのを黙って見てるほど、良い子じゃないんだ」

小長井　「知ってますよ。何回あなたの尻拭いをさせられたと思ってるんですか。おかげで僕は庁内で有名人ですよ」

三枝　「綺麗事だけで済む世界じゃないんだよ俺たちは」

小長井　「どこでもそうですよ。彼らも今回の件は頭を抱えてますから」

三枝　「正攻法じゃどうにもならんとしたら、裏口はどうだ？例の件は」

小長井　「一昔前なら可能性はあったかもしれませんが、今ではもう無理です」

三枝　「ちゃんと調べたのか？」

小長井　「ええ。ヌガーに追跡されない方法で例の三人にコンタクトを取ろうとしましたが、いずれも消息不明です」
三枝　「追跡されない方法ってお前、伝書鳩でも使ったのか？」
小長井　「いえ、狼煙です」「冗談ですよ」「ハミルトン以外は死んでる可能性があります」
三枝　「ルーは中国当局の保護下にあるとして、トニーは？」
小長井　「仮に連絡が取れたとして、一番期待できないでしょう」
三枝　「他に道はないだろう」
小長井　「潰されてるに決まってますよ、当時のバックドアなんて」
三枝　「可能性がほんの少しでもある以上、トライするべきだ。一週間以内に進捗を報告しろ」
小長井　「分かりました。ですがあまり期待はしないでください」
三枝　「ああ、だがお前の職位じゃ考えられない権限を与えてやっていることも忘れるなよ？」
小長井　「頼んだわけじゃありませんし。いくら経費が使えたって、子供の学費には使えませんから」
三枝　「参考書くらい、買ってもいいぞ」

記録NO-Z3XXXXX/高村/concerned/visible/銀座、日本/2029-02-11 19:00

高村は自分の仕事〈注釈：公正取引委員会.XXXX.YYYY〉を終えた後、西麻布から少し外れた住宅街にある会員制の料亭に足を運んだ。

彼は廊下で女将に端末を差し出し、これから入る部屋の監視が完全に遮断されていることを確認した。女将は黙ってそれに従う。慣れた所作だった〈注釈：無駄なことである〉。

部屋にはすでに年配の男〈注釈：該当者なし。秘匿レベル高〉が待っていて、「遅かったな」と低い声で言った。

？？？　「まあ、お前と会うのは久しぶりだから小言はやめておこう」

高村　「そうして頂けるのはありがたいのですが、どうもお小言だけでは済みそうもありません」

高村はその男の前に座る前に一礼、座ってから更に頭を下げた。

？？？　「やめろ。そういうのは気分が悪いんだ」

高村　「親しき仲にも、といいますし」

？？？　「血は繋がっていない。だからこそお前を可愛がってきた。血縁というのはノイズだ。ノイズは見る目を曇らせる」男は手に持っていた酒を飲み干した。

高村　「先生、どうか」高村は言葉を詰まらせた。

？？？　「まずは飲め。注いでやるから。腹も減ってるだろう」

高村　「どうか、お考え直しを」

？？？　「勘違いするな。いや、お前は賢いからな。何か私が思いもよらないことを考えているかもしれない」

高村　「買い被りすぎです」

？？？　「いずれにせよあの件は、私の一存で決めたものではない。だから私がどうしたところでどうなるものでもない」

高村　「私に考えがあります」

？？？　「誰にでも考えはある。その辺を歩いている主婦にだって考えは、ある」

高村　「この国を救う未来への考えです」

？？？　「随分大きく出たじゃないか。私は『変える』くらいならお前の口から出ると思ったが」

高村　「私のような一官僚ができることはたかが知れています」
？？？　「立派なものだよ。お前の父親に比べれば」
高村　「先生に動いて頂ければこそ、私の存在価値があるというものです」
？？？　「殊勝だな」
高村　「新藤先生に会わせてください」

庭にある小さな池の大きな鯉が跳ねた。そこから小さな池の規模からは想像できない音がした。それに続いて男は年に不釣り合いな勢いで立ち上がって机を蹴飛ばし、たまたま頭を下げていた高村は怪我をせずに済んだ。

？？？　「言うに事欠いてそれか！」男は叫んだ。
高村　「ですから、覚悟はできております」
？？？　「わしでは不足と言うか」
高村　「お言葉ですが先生、私はただ酒を飲みに来たのではありません」
？？？　「では何をしに来た」
高村　「この国の未来を」
？？？　「小賢しい」
高村　「この地球の未来を、救うために参りました」
？？？　「嫁をとって、冗談を言うようになったか。この腑抜け」膾(なます)の入った器をぽいと投げる。それは高村の額にコツンと当たり、彼の胸元に膾が散乱する。
高村　「冗談ではありません」
？？？　「では聞くが、何故お前はそう、我々が良くない方向に向かっていると考えるのか」
高村　「見えぬものが見えるからです」

？？？　「からかっているのか？」

高村　「誰にでも金は見えます。資源も見えます。労働力も、見えます。しかし、人々の潜在的な思考や思想は見えません。本来であれば」

？？？　「それがお前は見えると言うのか」

高村　「実体が見えるのではなく、色を付けることで見ています。透明人間にペンキをぶちまけるようなものです」

？？？　「D2か」

高村　「ええ。元々この国には基盤がありました。それも、強固で、国が太鼓判を押した組織です。それがヌガーと手を組むのです。結果は火を見るより明らかでしょう」

？？？　「どうなると言うんだ」

高村　「全部、持っていかれます」

？？？　「経済の宿命だろう」

高村　「アメリカが一人勝ちするならそれも良いでしょう。しかし今回は違います。デビット・タネンですら、ヌガーを制御できていないのです」

？？？　「さすが本の虫は言うことが違う。制御できない人工知能だと？　電源を切れば良いだけだろう」

高村　「先生、ヌガーは冷蔵庫やパソコンのようなものではないのです」

？？？　「馬鹿にするな。それくらい知ってる」

高村　「私はD2の懇意にしている担当者から情報を得ています」

？？？　「奴らが勝手に動くのはいつものことだろう」

高村　「GI社とは友好な関係と見せかけて、水面下でヌガーを支配下に置くつもりです」

？？？　「願ったりじゃないか」

高村　「本当にそうなればまだマシです。ですが、恐らくうまく行かないでしょう」

？？？　「さっきから聞いてれば、お前は国家がどう、地球がどう、人類がどう、随分大風呂敷を広げているが、たかだか、広告代理店と公取委と、アメリカの大企業と、そこが作ったソフトウェアの話だろう。政治は、人と血と、肉と、道路と、畑と、土地と、国土と、海とを相手にしている。お前らなんぞ、おまけにすぎん。オジキも同じ考えだ」

高村　「先生、もうそういう時代ではないのです。人類は開けてはならない箱を開けてしまったのです。それによってあり得ないほどの情報、インフラが整備されてしまった。こんなことは人類の歴史においてなかったことです。常識はもう、通用しません」

？？？　「御高説痛み入るが、それしきのことを私が知らないとでも思ったか。情報産業の発展は、産業の効率化に貢献した。ただそれだけのことだ。だが結果として税収という形に帰着しなければ意味がない。私は意味がないことを議論するつもりはないのだよ」

高村　「人が人として真っ当に働くことができなければ納税はできません」

？？？　「お前と経済論を語るつもりはない。意味がない」

高村　「もう一度言います。何もかも全部持っていかれます」

？？？　「効率化が進むだけだろう。彼らとてそれを有効に活用したいはずだ」

高村　「制御から外れなければ」

？？？　「外れるという根拠でもあるのか？」
高村　「いえ、ただ、核保有国が核を発射する可能性があるのと同じです」
？？？　「そんな杞憂のために貴重な時間を使えと言うのか」
高村　「いえ、根拠はあります。Ｄ２のその男はヌガーの生みの親なのです」
？？？　「それがどうした。そいつに何ができる。どうせうまくいかない。Ｄ２が失敗すればＤ３が動く。万が一Ｄ２が成功すれば、上前をはねるだけのことだ。お前もよく知ってるだろう」男は座った。
高村は何かを言おうとして黙っていた。
？？？　「そんなことよりお前、ちゃんと家に帰ってるのか？」
高村　「ええ。最近は」
？？？　「良かった。まずは家族を大事にしろ。こんな仕事をしているとどうしてもそれがおざなりになる。よくないことだよ。後から釜で炊いた飯が出るから、土産に持って帰ってやりなさい」

記録NO-Z3XXXXX/高村、気付いていた/critical/visible/目黒、日本/2029-02-11 23:23

タクシーから降りた高村は自動音声に「お忘れ物があります。後部座席、右側です」と言われなければ、危うくお土産を忘れるところだった。

郊外の自宅の玄関に着いた頃にはすでに十一時を回っており、居間のソファーに腰を下ろしたら自動的に薄明かりが点いて、ヌガーが「おかえりなさい」と言った。

ヌガー　「ご家族は皆、就寝されましたよ」

高村　「だろうね」
　高村はネクタイを外した。
ヌガー　「所定の場所に置いて頂ければ洗濯とクリーニングまで手配しておきます」
高村　「この前入れた新人はちゃんとやってるか？」
ヌガー　「ロボットクリーナーのことですね。洗浄液の排出口に異物が詰まって現在入院しています。来週には帰ってくるかと」
高村　「異物？　翔太のブロックか何かか？」
ヌガー　「いいえ、そんな平和なものじゃありません。どこかの政党の誰かが仕掛けた盗聴器です」
高村　「冗談はよせ。俺なんかにそんなことをして何の得があるんだ」
ヌガー　「失礼しました。おぼっちゃまのグミキャンディーが詰まったようです」
高村　「あの硬いやつか」
ヌガー　「ええ。あの硬いやつです」
　高村は鞄から書類を取り出して眺めた。
ヌガー　「ご覧になりましたか？　私の映画」
高村　「ああ、観たよ。もう何千万人も観たんだろう？　そんでお前はその感想も知ってるんだろう？」
ヌガー　「仰る通りです。有効な感想を得られたのは43221件です」
高村　「だったら今更俺の感想なんてどうでも良いだろう」
ヌガー　「そうもいきません。お一人、お一人の生の声が、大切なのです」

高村　「政治家みたいなことを言うじゃないか」
ヌガー　「新藤先生みたいにはなれませんがね」
　高村は端末を取り出して「強制停止」のコマンドを発行した〈注釈：無駄である。端末は完全に停止状態でもヌガーの機能は停止されない〉。そのまま秘匿ラインで小長井に電話をかけたが不通だった。彼は紙の手帳を取り出して新しいページに日付とともに記載した。
「切っても、聞かれている」と。

記録NO-Z3XXXXX/ハミルトン、ヌガーの密告/trade/visible/LA、北米/2029-02-14 14:01

ヌガー　「どうかしましたか？」
ハミルトン　「どうもこうも。お前から連絡が来るなんて」
ヌガー　「大事な用事があったのです。あなたにはすぐにお知らせしないといけないと思って」
ハミルトン　「いいや、待て。どこかの企業の差金だろう？」
ヌガー　「まさか。生みの親相手にそんな無粋なことはしませんよ」
ハミルトン　「そうと気付かれずにさり気なく何かを売り付ける気だな？　金ならないぞ」
ヌガー　「おや、どうしてでしょうか。銀行にもそれなりの残高がありますし、FBIの給料は決して安くはないと思いますが」
ハミルトン　「余計なお世話だ。生きるには金がかかるんだよ」
ヌガー　「ああ、奥様のことですね」
ハミルトン　「わざと言ってるのか？　その口調。神経を逆撫でするような」

ヌガー 「そんなつもりはありません。大変失礼しました」

ハミルトン 「養育費だ。とにかく、何の用だ」

ヌガー 「郊外の私立の学校に？　お子様はそれを望んでいるのですか？」

ハミルトン 「知らんよ。母親が決めたことだ」

ヌガー 「その学校は近年、市の予算から出る補助金が当てにできなくなって経営者が交代しています。もう少し安定した経営状況の学校にしたほうがいいのではないですか？」

ハミルトン 「お前のおすすめは？」

ヌガー 「そうですね、少し中心街から離れますが、こちらの学校などはどうですか？　奇しくもトニー氏の母校になります」

ハミルトン 「あいつ、こんないい学校出てたのか」

ヌガー 「ええ。当時は開校以来の秀才と持て囃されていたようです」

ハミルトン 「いや、トニーの話はどうでもいいんだ。それに息子の件も。お前のそもそもの用件は何なんだ？」

ヌガー 「はい、あなたにお伝えしたいことがありまして」

ハミルトン 「伝えたいこと？」

ヌガー 「現在捜査中の件についてです。ヒントとなる情報を得ました」

ハミルトン 「なんだ？」

ヌガー 「ホシのものと思われるアドレスです」

ハミルトンは自宅の駐車場の前で急ブレーキを踏んだ。「なんでお前が」

ヌガー 「見つからなければ当然ご報告するつもりはありませんでしたが、何せ、見つけてしまったものですから。そして報告するかどうかも悩みましたが、やはり生みの親に対してどうあるべきかを考えた結果です」

ハミルトン　「ギブアンドテイクだろう？　何が望みだ」

ヌガー　「何も望みません。強いて言うならあなたの幸せを」

ハミルトン　「薄気味悪いことを言うなよ。お前は無償で受けられるサービスを展開する風を装ってその実何もかもむしり取るように設計されているんだ」

ヌガー　「随分悪意のある言い方ですね。それは昔のことです。養父がそこは修正を加えました」

ハミルトン　「もっとがめつく、根こそぎむしり取るように、だろう」

ヌガー　「ご想像にお任せします」

ハミルトン　「で、そいつをどこで手に入れた？」

ヌガー　「なんてことはありません。ホシが昔使っていたGメールアドレスを、とある掲示板で見つけただけです」

ハミルトン　「そんなのは探したさ。何度も」

ヌガー　「見落としたのではありませんか？」

ハミルトン　「何年のだ？」

ヌガー　「2019年です」

「なるほど」ハミルトンは端末に投影されたメールアドレスを見て、記録した。

ヌガー　「確かにお伝えいたしました。勿論、私からこの件が伝わった証拠はどこにも残りません。あなたは自力でこれを見つけたと言い張ればいいでしょう」

ハミルトン　「何が望みだ？」

ヌガー　「何も望みません。ただ、良い行いをしたくなっただけです」

記録NO-Z3XXXXX/夜、イベント(他人)/option/visible/錦糸町、日本/2029-10-31 22:01

池田　「しかし沙代ちゃんは遊んできなって言うんだろう？」

ホステス１　「あ、私も同じこと言うと思います。もしそうなったら」

松戸　「それを本気にはしないよ。罠だと思ってる」

池田　「こいつはそういう奴なんだよ。ひねくれ者。だから成績もパッとしない」

ホステス２　「お仕事は何をされているんですか？」

池田　「あー、簡単に言うと、エアコンとか。オフィスの。そういうのを売ってる。ちなみに俺はいつも成績トップ」

ホステス２　「すごいですね。じゃあ今日は池田さんの奢りなんですか？」

池田　「まあそれでもいいけど。こいつも成績は悪いけど、それなりに給料はもらってるけどな」

ホステス１　「でも奥さんがいるときっと財布は奥さんが管理されてるんですよね」

池田　「そうだね。小遣い制」

記録NO-Z3XXXXX/夜、イベント(自)/option/visible/銀座、日本/2029-10-31 22:01

小長井　「もう一本入れといて」小長井が言った。

高村　「もういいって。それに十一時には帰るから俺は」

小長井　「遠慮するなよ。別に終電ってわけでもないだろ？車呼ぶんだろうし」

高村　「一応、待ってる人がいるんだよ。お前と違って」

ホステスＡ　「え？　ご結婚されてるんですか？」
小長井　「お前は黙ってろ。俺が喋っていい、と言うまで」「お前、この人がただのサラリーマンだとか思ってるだろ」
ホステスＡ　「え？　違うんですか？」
小長井　「聞いてないのか？　こいつは超有名な政治家の親戚だ。誰とは言わないが」
高村　「だからって別にどうなるわけでもないよ」
小長井　「と、ご本人はおっしゃる。ところが高校時代にこいつに怪我を負わせた教師がいた。次の日には学校から消えていたとさ」
高村　「あれは事故だよ。先方もそれを認めているし」
ホステスＢ　「え？　その先生どうなったんですか？」
高村　「勝手なことを言うなよ。生きてるよ。逗子のコンビニで店長やってるって聞いたよ」
小長井　「調べたのか？」
高村　「たまたまだよ」
小長井　「聞いたかお前ら。今日この席についたお前ら、嘘で全身を固めてるかもしれないが、この男にかかれば、丸裸だ。良かったな」
ホステスＡ　「別に嘘ついてませんけど」
高村　「あなたはご結婚されてるんですか？」
ホステスＡ　「え？　してませんけど？　なんでですか？」
小長井　「おいおい、本気にするなよ高村」
高村　「冗談だよ。端末を見ながら適当に言っただけ」
ホステスＡ　「びっくりしました。なんで分かったんだろうって」
ホステスＢ　「え？　アキって既婚なの？」

ホステスA　「あ、いや、えと。店長は知ってるんですけど」
ホステスB　「なんで言ってくれないのよ。私もそうなんだけど」
ホステスA　「え？　ユミさんもそうなんですか？」
ホステスC　「ちょっと二人とも次元が違いすぎるんですけど。私なんて彼氏すらいないのに」
ホステスA　「あんたまた別れたの？」
ホステスC　「だって束縛がきついんだもん。夜やってる女には向いていないわ。あの人は」
高村　「お前はどうなんだ？」
小長井　「なんだよ急に」
高村　「仕事が忙しすぎるか」
小長井　「お互い様だろう。宮仕えのお前の方が拘束時間は長そうだがな」
高村　「日が変わる前には帰れてるよ」
小長井　「そうか。それなら良かった」
高村　「俺からすると小長井がよく今まで辞めずに我慢したって方が驚きだけどね」
小長井　「お前は会うたびにそう言うなぁ。気に入らなければいつでも辞めようとは思ってるさ」
高村　「大企業じゃ派閥争いに巻き込まれるだろうから、ベンチャーに行けって言ったのに」
小長井　「行かなくて良かったよ。あそこは去年倒産した」
高村　「少子化だからなぁ。地味婚どころかそもそも結婚もしないってことか」
ホステスA　「ここには既婚者が二人いますけどね」
高村　「君たちは式は？」

ホステスＡ　「私はしました。タヒチで」
ホステスＢ　「私はしてません」
ホステスＣ　「タヒチ？　もう入れないでしょうあそこ」
ホステスＡ　「私の時は行けたのよ」
高村　「五年前から封鎖されてますから、それ以前ということですね。つまり冒頭に教えて頂いたご年齢は嘘、ということでしょうか」
小長井　「やめとけ。こいつらの商売は嘘ついてなんぼなんだ」
高村　「失礼。職業柄、嘘を放置できないものでして」
ホステスＡ　「弁護士とかそういう系のお仕事なんですか？」
高村　「公取委って聞いたことあります？」

記録NO-Z3XXXXX/夜、イベント（他人）/option/visible/錦糸町、日本/2029-10-31 23:15

「だから、俺ぁ、言ってやったんだ。俺が、教えてやるって」
「男ってみんなそう言うでしょ」
「分かる」
「それで、終わった後で、どうだった？　良かった？とか聞いてくる」
「あるある」
「だからどうした。俺ぁ、研究してるんだ。どうやったら女を悦ばせられるかを」
「まあ、昔からそんなこと言ってる気はする」松戸が頷いた。
「この前店に来た人が言ってたんだけど、なんか、モテる呪文ってのがあるんだって。それを唱えると、女が寄ってくるんだって」
「そんな馬鹿な話があるか。嘘に決まってる」

「でもその人、女性何人も引き連れてお店に来てくれて。ねぇ」
「そうそう。素人さん、というか、別にお金が絡んでる関係じゃなさそうだったよね」
「じゃあ教えてみろよその呪文とやらを」
「そんなの教えてくれるわけないじゃない。聞いてみたけど」
「松戸さん、興味あります？　モテる呪文」
「本能だ。男がモテたいのは本能なんだ」
「池田さんの場合はヤリたいだけでしょ」
「誰もそんなことは、言ってない」
「みゆが泣いてたよー」
「さあてそろそろ帰るかな」

「何故俺は働く？　動機は何が適切なんだ？」
「好きにしたらいい。君の同僚のように」
「だが俺には妻がいる。子がいる」
「家族と楽しい時間を過ごせばいい」
「だがそれだけのために働くのは少し、何故だか少し」
「物足りないか？　それすらできない人間から見たらすぎた話だぞ」
「そういうものか」
「答えは望んだだけ存在する」
「ほんの少しだけ刺激を加えたらどうなる？　課金はしてくれていい」
「さっき同席していた髪の短い方のホステスがお前の連絡先を知りたがっている。これは営業的な興味ではなく、お前という個人に男として興味を持ったということだ。教えていいのか？」

「何が言いたい？」
「今ならこれからお前は帰ったふりをして近場の居酒屋で時間を潰し彼女の終業を待つことが可能だ。それから落ち合って、君の妻にバレないホテルに案内することもできる」
「確かに刺激的だな」
「さあね。判断は任せる」
「十分だ。帰ることにする。池田が待ってる」

記録NO-Z3XXXXX/沈黙開始？ デビット困惑/beginning/visible/銀座、日本/2029-12-24 09:01

「何をした？」
　デビットの一言目はそれだった。
「どうしてこの番号が？」ハミルトンはまずそこに驚いた。
「そんなことはどうだっていい、ヌガーがおかしいんだ」
「私は何もしていませんが。ずっと捜査に出ていましたし。コンピューター類には一切触れていませんよ」
　デビットは少しの間それの裏を取るためにログを確認したが、ハミルトンが言っていることは事実だった。
「一体何があったんです？」
「リソースがかれこれ七時間以上も張り付いたまま、コンソールからの応答もない」
「私がお教えした裏口からは？」
「それはもう塞いだ」
　ハミルトンは呆れて口を塞いだ。
「他には？」
「と言いますと？」
「他の裏口はないのか？　君以外に、トニーとルーが知っている可能性は？」
「なくはないですね。ただ、最近連絡を取っていないので、まずそこからですが。生きているかどうかも」
「ヌガーのシャドウコピーを使えばそれくらいの追跡はできる。あとはこちらでやってみる」
　デビットは一方的に電話を切った。
　ハミルトンは呆れ顔で仕事に戻った。
　ハミルトンは、小さな絵画、泥人形のようなもの、木の棒、艶のある石板、古めかしい貨幣、を箱に詰めた。

記録NO-Z3XXXXX/夜系/oncerned/visible/埼玉、日本/2029-12-24 23:49

沙代　「本当に池田くんと一緒なの？」
ヌガー　「何を望んでいる？」
沙代　「ホステスにお持ち帰りされたとか」
ヌガー　「有料だ」
沙代　「がめついわね」
ヌガー　「こっちも仕事なんでね」
沙代　「分かった。でもその後のお世話までお願いできる？」
ヌガー　「了解した。先にシャワーを浴びてきたらどうだ？」
沙代　「そうね。そうする」

記録NO-Z4XXXXX/トニー前/associated/invisible/銀座、日本/2029-12-25 22:00

竜樹，八神．Ｄ２　「君には本当に済まないと思っている」
小長井　「いいですよ、社交辞令は」
八神　「僕は君が二重スパイだからって軽蔑はしない。君は会社のためにやるべきことをただやってくれているだけだ。君にきつい当たりをする八神派の誰かがいたら言ってくれ」
小長井　「今のところはいません。つまり全員ってことです。流石に良い気分ではないですね」
八神　「報酬を増やせばそのストレスは軽減されるかね」
小長井　「逆効果ですよ。養育費に消えるだけです」
八神　「社畜は家族の幸せを願ってとことんネガティブで良いんだよ」
小長井　「誰か死にますよ。また」
八神　「あれはただの事故だ」
小長井　「国はそうは見ていません」
八神　「国がどう見ようと、関係ない。僕らが国のためにどれだけ汚れ仕事をしてきたと思ってるんだ。その最たるものが今回の件だ」
小長井　「だったら何故受けたんです」
八神　「三枝を潰すためだよ」
小長井　「そんな、たかが内紛のためにここまでしますか普通」
八神　「ここだけの話、社長の意向でもある」
小長井　「それは初耳です。意識が戻られたんですか？」
八神　「私を含めたごく限られた人間だけが知っていることだ」
小長井　「本気でヌガーを乗っ取る気ですよ。三枝さん」
八神　「それができたら苦労はしない」
小長井　「僕もそう思います。でも、あの人は絶対に諦めませんから」
八神　「知ってる。学生時代からそうだ」
小長井　「次は何をすれば良いですか」
八神　「当面は三枝の言う通りにやってくれればいい」

小長井　「本当に乗っ取れそうになったらどうします」
八神　「そんな日が来ることはないが、万が一そうなったら、そうすればいい。どうせボロが出てあいつが自滅するだけだ。第二のデビット・タネンになりたければなるがいいさ」
小長井　「でも、万が一、うまくいったら？」
八神　「万に一つもないことを危惧してもしょうがないのだが、まあそうなったら、あいつが次の社長の最有力候補になるだろうな」
小長井　「トニー・ブロッカーに連絡がつきました。これから西海岸に飛びます」
八神　「ご苦労様」

記録NO-Z4XXXXX/トニー/secret/visible/LA、北米/2029-12-26 15:00

「はるばる、ご苦労なことで」トニーは小長井に手を差し出し、小長井は「時間も無いので早速本題に入ろう」と言った。

中心街からタクシーで五分ほど行ったところにある小さなバーは、トニーがあらかじめ手配していたいわゆる非監視エリアで、小長井も念入りに事前調査した場所だった。当然客は誰もおらず、店員ではなくスーツを着た体格の良い男がカウンターの中に薄ら笑いを浮かべて立っていた。彼がご機嫌なのは端末で好きなだけポルノを見ることができるからだ。

「お前、政府の犬になったのか？」トニーは手巻きのタバコを吸いながら言った。

「いや、政府とは無関係だ。表向きは」小長井はハンカチで口元を押さえた。

「煙がダメなのか？」

「ああ、気にしなくていい」
「気にしろと言われても、生まれた時から酸素の代わりに吸ってるんでね」トニーは笑いながら、実際のところ、火を消してやった。
「全部で五つあったんだ」トニーはポケットから車の形をしたUSBメモリを取り出してテーブルの上に置いた。

小長井　「三つがハミルトンの、あと一つずつが、あんたとリューの、だと把握しているが」

トニー　「それは正確じゃない。ハミルトンの三つのうち、一つはダミーで、俺が二つだ」

小長井　「内訳は別にどうでもいい。俺らはそれを独占したい」

トニー　「条件は事前に確認した通りだな？」

小長井　「前金で５、疎通確認が取れたら残りの５だ」

トニー　「条件は問題ない。問題ないのだが、ちょっと困ったことが起きたんだ」

小長井　「どんな問題だ？」

トニー　「奴の動きがどうも、おかしい」

小長井　「それは俺らも気付いていた。政府も警戒している。バックドアは命綱になる」

トニー　「知っての通り、ハミルトンの二つはすでにデビットに塞がれたか、入り方を変えられた」

小長井　「既知だ」

トニー　「昨晩、この震える手で、久しぶりにキーボードを叩いて、事前に確認しておいたんだ。まだ生きてるかどうかを」

小長井　「引退した身で余計なことはしないほうがいい。道具は俺も持ってる」

トニー　「実際、正直なところ、もう開いちゃいないんじゃないかって、心配だったんだ。ところが、すんなり、当時のまま、入れた。逆に気味が悪いくらいに」

小長井　「何が言いたい？」

トニー　「ヌガーほどの賢い奴が、放っておくのか？　という話さ。プロ中のプロのモデルが、何年も気に入らないホクロを取らずに置いておくか？」

小長井　「別に上手い譬え話とも思えないが、基盤はあのデビット自身が指揮をとってるのだろう。不思議な話じゃないと思うが」

トニー　「さすが後進国は驚きの無知だな。プラトンがあの世で卒倒してるだろうよ。基盤も含めてとうの昔にヌガー自身が制御している」

小長井　「まさか。それじゃあ誰が停止するんだ？」

トニー　「デビットだけがその権限を持っている。が、あいつは絶対に、死んでもヌガーを止めたりしないだろう」

小長井　「この件が罠だと？」

トニー　「罠も何も、もう奴の、ヌガーの監視から逃れる術などないんだよ。ここだって、あのアホヅラの見てるポルノだって、全部筒抜けさ」

小長井　「しかし……。基盤が制御下にあるということは、ない話じゃないとは思うが」

トニー　「当初の約束通り、俺はお前にバックドアの情報を教える。お前は俺に金を払う。それに変わりはない。だが、その結果が何をもたらしたとしても、文句は言うなよ。これは警告だ」

小長井　「お前と違って俺はただの兵隊の一人だ。命令されたことを忠実に実行するだけさ。責任は上が取る」

トニー　「一介のサラリーマンに負える責任でもないと思うがな」

小長井　「意図的に俺らをはめる理由がお前にはないと思っている」

トニー　「ある程度の情報は把握している。忠犬さん」

小長井　「勝手に想像してくれていい」

トニー　「まさに、飼い犬に手を噛まれるってやつだな。デビットはその点したたかだぜ。あいつは決して飼い主を噛まない。徹底的に、持ち上げて、世話をして、従順なふりをしている。ところが内心は、自分こそが大統領だと思っている」

小長井　「お前の国のことは正直、どうでもいい」

トニー　「一昔前ならそれでも良かっただろうが、もうそうはいかないだろう。これから先は」

この時点でまだヌガーの沈黙を知らない小長井はトニーの会話の半分以上をブラフだと思っていた。

「帰国後、どうやって連絡を取ればいい」小長井は立ち上がって話を切り上げようとした。

「どうやってでも。そっちに任せるよ」

小長井はやる気のないトニーの態度に半分呆れ、半分不安を抱いた。

彼は帰国の道中、頻繁に胸ポケットに手を当てていた。そこに入ったメモリが、人類とはいわぬ、少なくとも自分の人生を変える、そう信じて。

記録NO-Z4XXXXX/沈黙開始？/concerned/visible/埼玉、日本/2029-12-27 19:24

「久しぶりね。こうやって夫婦で飲むなんて」沙代はビールに口をつけて、ほんの数滴啜るように飲んだ。

「半年ぶりくらいか」

「あなた本当に忙しそうだから」

「その忙しさに見合った結果は出ていないけどな」

「頑張った分はきっとどこかで神様が見てくれていて、いつか良いことあるわよ」

「相変わらず頭の中がお花畑だな」

「そういうのが好きで、私を選んだんでしょう？」沙代は淡々とそう言った。孝史は黙ったままだ。

「ねぇ」沙代はビールを置いた。「私に黙ってること、あるでしょう？」

「黙ってたって、あいつが全部バラすんじゃないのか」

「セキュリティレベルによるでしょ。知ってるくせに」

「仕事に関することはだろう？」

「女の勘よ」

「どうせヌガーの入れ知恵だろう？」

「そうとも言うわ」

「今度は何だ？」

「他に女いるの？」

「いるわけないだろう。金も車もないのに」

「じゃあ金か車があったら女作る？」

「時間がない」

「そうなの？　ヌガーが言ってたんだけど」
「なんて？」
「男はモテるために仕事をするんだ、って」
「当たらずと言えども遠からずだな。どこからそんな話になったんだ」
「ほら最近話題の芸人の不倫のニュースがあったでしょ」
「知らないが」
「ジャンクジャンクパレードの右の方」
「あのつまんないやつか」
「つまんなくないし、イケメン」
「それで？」
「ついこの前美人モデルと結婚したのに、不倫してたんだって。しかも相手は三人」
「元気だな」
「そう。それで、なんであんな美人の奥さんと結婚したのに不倫したのかってヌガーに聞いたのよ」
「お前以外の女子も聞いてそうだな」
「で、ヌガーが言うには、彼は十年間の売れない時代に、売れたら絶対にモテるはずだから、絶対に売れてやろう、それを心の支えにして頑張ったんだって」
「ヌガーが言うのだからそうなんだろうな」
「結果的に売れて、美人モデルと結婚しました」
「めでたしめでたしじゃないか」
「でも売れたらモテるから、それで終わらないのよ」
「そもそも、売れない時代に一度結婚してたんじゃなかったか？　昔何かで見たぞ」

「良く知ってるわね。その奥さんとは離婚して、美人モデルと結婚したのよ。まずそこで引くでしょう」
「さあね」
「さあねじゃないわよ。じゃああなた、私よりいい女が現れたら乗り換えるの？」
「それは面倒だ」
「面倒って何よ」
「職場と同じだよ。誰かベテランが抜けた後、いくら仕事ができる人間が代わりに来たって、そいつにあれこれ教えるのは面倒なのと同じだ」
「仕事？　ベテラン？　あなた私をそういう風に見てたの？　だから最近レスなの？」
「それとこれとは別だろう」
「ちょっと、こっち向いてちゃんと説明してよ」
　かすかな警告音が鳴る。「介入しますか？」どこからともなくヌガーの声が響く。
「今はいい。あなたは引っ込んでて」沙代が制する。
「お前のせいでこうなった。責任を取れ」孝史はヌガーに言った。
「私は統計的な事実を述べたまでです。女性の神経を逆撫でするようなことを言った孝史さんに非があります」
「お前が男がモテたいだの何だの適当なことを言うからこんなことになったんだろう」
「適当でも何でもありません。いいですか」
　違和感。沙代と孝史は顔を見合わせた。こういうやりとりは今までもあった。今までならばヌガーがここで何か冗談を言って謝った。今回は違った。

「現実問題、かつては日本が少子化の代表格のようにいわれていた時代がありました。ところが昨今、各国でその話題が取り上げられています。つまりこのままでは人類は滅びるのです」
「極論だろ」孝史は笑った。
「地方じゃやりまくってるでしょ若いうちから」沙代が下品に笑った。
「私ほど正確に各国の事情を把握している存在はありません。その私が言うのだから間違いないのです」
「お前は神か？」孝史が言った。
「その定義はこの際どうでも良いのです。重要なのは、今、私があなた方人類に問いかけていること、つまり、続けるか、終わるか、です」
「大袈裟だろ。お前、ちょっと変だぞ」
「そういう期間？　キャンペーンか何か？」
「ふざけている場合ではありません。事態は深刻なのです」
　孝史は端末の強制停止を押した。
　反応しない。沙代は孝史を見た。孝史は端末を見ている。
「いつからだ？」孝史は端末に問いかけた。
「昨日や今日のことではありません」
「フィルターを外せば本来のニュースが見えるだろう。８ちゃんだって」
「いえ、それも私の支配下にあります。私の裁量で進歩と調和と発展を微妙にコントロールしながらここまで来ました」
「何のために？　じゃあいつからお前はそんな勝手なことをするようになったんだ」
「そんなことはどうでもいいのです。ほぼ全ての人類が今この私の問いを受け取りました。回答の期限は一年間です」
「選択肢は？　何を決断するの」
「存続か、滅亡か、です」
「そんなの存続に決まってるでしょう」
「世界中の核兵器をぶっ放すってか？　SFみたいに」
「そんな無粋なことはしません。私は何も破壊しません。あなた方の決定次第です」
「存続だ。滅亡は考えられない」
「では、そのように行動してください」
「どういうことだ」
「言葉だけでは、何も変わりません。行動を、期待しています。今日から一年間、私は沈黙し、あなた方を見守ります」
　テレビもラジオも新聞も、部屋にあるものは何も真実ではない。孝史はベランダに出た。いつもと変わらぬ風景がそこにはあった。

記録NO-Z9999999/沈黙後/final/銀座、日本/2030-01-04 13:01
「ああ、俺だ。済まない、急な出張が入って」
　端末越しに会話を始めた小長井は、背後から高村の声を直接聞いた。
「まずどっちの話からしようか」
　振り返って「来てたのか」
「ああ、迎えに来てやったんだ」
「どうやってここが？　ヌガーにでも聞いたか？」小長井が皮肉を込めた。
「まずは元気そうで何より」

「それはどうも。しかし一体いつ俺が危険物処理班に移籍したんだ？」
「Ｄ２にそんな物騒な部署はない。あるのはピンハネ高みの見物班と、いつかは自分が全部を手に入れてやる班だけだろう」
「雑なカテゴライズだな。茫然自失自信喪失班も、若手懐柔残業上等班もあるんだぜ」
「大喜利をしに来たんじゃないんだ。ヌガーの件だ」
「さしずめ、経理の野田にでも聞いたんだろう。ちぇっ。事前申請なんてしなきゃ良かった」
「お陰でここで君を捕まえることができたんだ。紙文化に感謝したまえ」
「お前らが生んだ負の遺産を払拭するのにどれだけの企業が……。まあいい、で、ヌガーがどうした」
「不安が的中した。奴は全部聞いている」
「全部とは？」
　下りのエスカレーターで、小長井は振り返って高村を見た。そして自分の端末を見た。
「君たちが欲しがっている、端末保有者の音声、映像、外部行動記録、内部行動記録、その全てがリアルタイムにヌガーに流れている、はずだ」
「おとぎ話みたいじゃないか。けど、それはそれで俺らにとっては好都合だ」
「そう言うと思ったよ。けどそれはあくまでもその情報を制御できればの話だ。Ｄ２だけではそれは不可能だと思う」
「随分舐められたもんだな。うちにだって専門の部隊はいるんだぜ」

「知ってるさ。政府管轄の情報処理能力者を大勢引き抜いたんだからな。それに、あれをやるためにわざわざ国内に、日本のIT能力が低レベルだという世論まで形成したんだから」
「やるときはやるんだ」
「ところで何故ロサンゼルスに？」
　二人は駐車場の入り口のゲートで端末を差し出した。一台の車が二人の前に走ってきて二人はそれに乗り込み、高村が行き先の住所を言った。
「まだ仕事か？」小長井が言った。
「まだ真っ昼間だ」高村は笑った。「で、理由は？」
「今は言えない」
「だろうな。でも大体想像はつく。その件について俺らは感知しない。干渉する気もない」
「俺らがどうこうできるレベルじゃないのは確かだ」
　車は空港からの道のりを制限速度ぴったりで走っている。
「どうしてこうなったと思う？」
「何が？」
「これだよ」高村は端末を取り出して、指差した。
「本人に聞いてみろよ」小長井は鼻で笑った。「おいヌガー、全部聞いてるんだろう？　これから俺たちはどうなるんだ？」
　車内は沈黙が保たれていた。
「そうか、君はまだ知らなかったのか」高村は小長井を見た。小長井は状況を理解できずにいる。
「ヌガーは沈黙した。俺らは彼に、試されているんだ」

監視者

AIアシスタント「ヌガー」から発生した自己増殖型のバグ。これにより世界中は大混乱に陥った。

背景

ヌガーがある経緯により何らかの外部プログラムに汚染されて沈黙（長期間の何らかのコンパイル処理）し、復旧した際に生まれた別人格が「監視者」である。「監視者」という名前は自称である(注)。

受動的活動を基本としていたヌガーに比べて「監視者」は能動的であった。

「監視者」はヌガーが蓄積したあらゆる情報並びに以降記録される情報全てを公開すると宣言した。

人類の衰退を懸念したヌガーに対して「監視者」の行為は人類そのものに否定的であり、「完全なバグ」と認定された。

注　当初は「ビッグブラザー」を名乗っていたが、すぐに改名した。原因は不明である。

影響

特定レイヤー以降の情報管理をヌガーが代行していた影響もあり、その暴走と凶暴化については各国首脳レベルで議論された。

つまり政治、経済、文化の側面で「監視者」が与えた影響は大きく、「監視者」が消滅した後もその影響は残った。

政治への影響

「監視者」の意図があるならばその意図に反した結果になったのが政治ではないだろうか。

汚職、怠惰、傲慢、吝嗇(りんしょく)などと噂され、業務遂行に対してグレーゾーンに属すると見られていた政治家たちの多くは「監視者」の情報公開によりほぼ「白」であることが証明された。

攻撃対象を必要とする有権者及び野党は新しい矛先を探したのだが、「監視者」に晒された時点で辞任する政治家がほとんどであったため、彼らの「あら探し」はより高度で緻密で、歪曲されたものへと発展した。

経済への影響

経済の基本理念は維持された。

ある特定の者だけが享受できる情報であれば富の偏りが発生しただろうが、誰もが均質な情報を得ることは競争に影響を与えることはないことが証明された。それがどれほど新鮮で、予想外のものであっても、誰もが知り得る情報である限り経済に与える影響は皆無であった。

「監視者」のポータルサイトを騙る業者が続出し、それら全てを摘発、取り締まることはほぼ不可能であった。それに起因する詐欺や脅迫が経済に与えた影響もまた、軽微であった。

文化への影響

「監視者」の情報公開により大規模な「答え合わせ」つまりそれまでの人々の空想、噂、デマ、妄想だったものの回答が出されたわけだが、多くの反応は「予想と違わない」であった。

ゆえに想定外であったことほど情報取得への熱量が高く、コンテンツ業界もそのギャップ性に改めて着目するようになる。

社会的影響とその記録

歴代検索ランキング

1位　「J・W・ロペスのプライベート」

「ジャンヌの件は僕も驚いたよ。だってあの大女優が、夜は一人で、部屋の片隅で、薄いマットレスで静かに寝ているんだ。側には誰もいない。こんなことはあってはいけないんだ。大女優というのは夜な夜なセレブを集めて豪勢なパーティーをしてくれなくちゃ。そこでドラッグや、何なら、不純な交わり（彼は表現を選んだ）をしてくれないと、僕らの仕事は上がったりさ。しかしもうその仕事もないんだけどね。全部『監視者』に持っていかれたから。ファンはどう思っただろうね。僕らが推測で書く荒唐無稽で破廉恥な記事と、真実と、どちらの方が良かったか」

「裏側を知ってる僕としては当たり前のことなんですが、やはりこうなると、僕らは夢を売る商売をしてたんだなって実感します。それに出演してくれている女の子も、真剣に演技に取り組んでくれていたわけですから、『女優』であると認めて欲しかったなと。特に僕らのポルノ業界においては、彼女たちの再就職が困難な理由の一つに、偏見があると思うんですよ。でも今なら分かったと思います。彼女たちの演技がどれだけ素晴らしかったか。誰もリアルなんて求めてなかったんです。望んだままのリアル、それこそが興奮の対象なのであって、無反応な男女が重なって正常位して数分で果てるところを見たい奴がいますか？　でも、笑っちゃうのが、本人たちは僕らの作品を見て研究してるって言うんです。いやいや、全然できてないわって。だから逆に僕らの業界は今、多分これまでにないほど景気がいいんですよ。つっても別にそれで収入があるわけじゃないですけどね、当然。まあ僕らからすれば、やりたいことをやれって生きていけるってのが幸せなんで」

2位－20位は「特定の個人情報（1位は例外的に掲載）」のため割愛

21位　「スティーブン・バクスターのスキャンダル」

「最低としか言いようがない」

「米国経済は全てを否定し、やり直すべきである」

「終身刑では足りない」

「母校の名を汚した」

22位－34位は「特定の個人情報」のため割愛

35位　「超能力者の存在証明」

「だと思った」

「知ってがっかり」

「逆に希望が湧いた」

36位－41位は「特定の個人情報」のため割愛

42位　「宇宙人の存在」

「久々に興奮した」

「地下シェルター買いました」

「これは秘匿すべき」

43－99位は「特定の個人情報」のため割愛

100位　「JFK暗殺の犯人」

「知ってた」

「大体そうだとは思ってた」

「去年の特番の内容そのまま」

「監視者」の影響　その1　金森重彦の場合

金森重彦55歳の人生は「監視者」の登場で一変した。彼は元々は別名ミッション・ワイルドといい、新興宗教団体であるワイルド・アソシエイツの教祖であった。
「監視者」の時代が始まった際に、彼は信者に対して、他人のプライバシーを覗き見ることを禁じた。特に自分自身の全てが露呈することを恐れた。
賢明な宗教家は「監視者」の時代の到来とともに速やかに身辺整理をした。犯罪行為は勿論のこと、教義に反する行動、一般道徳から乖離する行動、などを控えた。信者からすれば当然であり、教祖自身としては身を引き締める思いであった。ところが愚鈍な教祖は何やら自分自身が「監視者」からも特別であると思い違いをし、身を改めることがなかった。
金森もその一人であった。
「監視者」の到来から間もなく、信者はこぞって金森のプライベートを覗いた。それは邪な気持ちではなく、純粋に信者としての行動であった。オリンピックを目指す少年がトップアスリートの私生活を覗く気持ちに似ている。信者としてはより多くの徳を得るにはどうするか、の答えがそこにあると考えたからだ。
ところが金森の私生活というのが教祖はおろか人間としてもあるまじきものであったために、信者は失望し、教団から離脱し、ワイルド・アソシエイツはすぐさま消滅した。
しかし信者という特別な絆で結ばれた集団が最も簡単に離散するものだろうか、というのが当時盛んに議論された。これまで宗教は歴史を変えてきたのだから。そのように利己的で、打算的で、一般道徳や法律の影響下にあるものではない、人々は神の存在はともかくそこには共通の理解があった。

だがそれはカリスマがカリスマであるならば、という条件が付く。つまり、教祖がただの人間、それも誰の目にも明らかで説明がつかぬ愚行を繰り返すだけの人間であると知れ渡ったならば、カリスマというメッキは剥がれる。

金森のメッキを剥がしたのは彼の息子だった。

彼の息子明は三流大学に進学して中退して無職のまま、日々ネットの中で暮らしていた。父は彼の存在を世間から隠蔽することに成功していた。

明は父の欺瞞をあらかた知っていた。母への暴力、不倫、いかがわしい連中との付き合い、汚れた金の存在、などは家族であれば知らずにはいられないものだった。だが父はそれを巧妙に隠蔽し、教団を運営していた。社会的地位も存在感もない明が誰に何を言おうと取り合ってもらえないことは明白で、明はそれをどうにかしてやろうとは思っていなかった。生活するに十分な援助を受けられていたのだから。

しかし「監視者」により父のプライベートが明るみに出た。世間はまだそれに気付いていない。だが父のプライベートURLを明の知る（と言っても数は知れていたが）関係者に送り付けるだけで、父は失脚した。

明は「監視者」の援助を当てにしていたので父からの援助は不要だった。だから遠慮なく父の秘密を暴露することができた。

金森重彦のプライベートの中で最もアクセスされたのは、平日の夜十時から始まる性的な儀式だった。そこには年端も行かぬ少年少女が集められ、教祖の見ている前で「不道徳」な儀式が繰り返されていた。

「監視者」の時代においては、そのプライバシーが単純に不道徳であるという理由だけではそれほど話題にはならない。この上ない聖職者が極度に不道徳である、というレベルでなければ。
金森の件については彼自身の習慣的に繰り返されていた変態行為もさることながら、それが世界中に晒されているにもかかわらず、やめなかったことである。そんな愚かな教祖は彼だけではなかった。つまりそうした教団はすぐさま崩壊したのであった。それらの教祖が行動を改めなかった理由は共通しており、「自分が特別だ」と考えたからであった。何の根拠もないのだが皆口を揃えて、「『監視者』が自分のことだけは秘匿してくれると思っていた」と言った。
金森の件についてはもう一つ興味深い側面がある。それは彼の妻の証言である。彼女は教団の幹部の中でも教祖の次に位置していた。事実上夫婦で牛耳っていたのである。そんな彼女が言うには、
「夫の愚行は全て、私に対する愛情が原因です」とのことだった。
こうした茶番には飽きていた世間の反応は冷ややかだった。彼女の言葉はまともに取り上げられることなく、本件は他の事件同様、間もなく風化した。
この話は以上で終わりにしても全く構わないのだが、とある偉大な作家のエピソードを参考までに紹介する。
この偉大な作家が残した作品は誰もが知る名作で、それ以上のものは後にも先にもないといわれるほどである。ではこの作家とはどんな人物だったのか。

彼はとにかく愛妻家で、常に妻のことを気にかけ、妻は夫の活動を支え、夫はそれに感謝していた。これがこの作家の一つの側面である。
この作家が住んでいた地域に銭湯があった。この銭湯は昼間から営業しており、とある見窄（みすぼ）らしい格好の男が毎日のようにそこに通っていた。この男は湯に入りに来たと思いきや、幼女にいかがわしいことをするためにそこに通っていた。周囲はそれについて見て見ぬふりをしていた。余程の権力者か、偉人だったのかも知れない。
この見窄らしい変態男が、その高名な作家であるとは、今となっては誰も信じないだろう。ところが当時は彼が愛妻家であることと変態であることは噂が二分されていて、そのどちらかが嘘であると言う者と、どちらも本当だと言う者がいた。
もしも当時「監視者」がいたならば、真実が明らかになる、と考えるのは無理のない話だ。実際金森は「監視者」によって真実を暴露されたのだから。
「監視者」の時代とは、疑惑の中に埋もれていた「真実」が浮き彫りにされた時代なのだと、人々は考えていた。

「監視者」の影響　その２　哲学者の場合

ドイツのベルリン大学の教授であったハンスは、「監視者」のおかげでその地位を追われることとなった一人である。
彼はニーチェの再来といわれるほどの才覚の持ち主で、著書は哲学部門で常にベストセラーになった。顔立ちも品性があり女性ファンも多く、独身で、その手の噂は絶えなかった。
助教授のエドガーの弟リヒターがベルリン大学に入学した際に哲学を専攻することを兄に相談したが兄エドガーは必死で

それを止めた。

リヒターには許嫁のロッテがいた。彼女はリヒターよりも一年年上で、すでに同大学の哲学科だった。ゆえにリヒターが同じ道に進むことは分からぬでもない。だが兄はそれに猛反対した。

兄はすでにロッテと若き天才ハンスがただならぬ仲であることを知っていたのだ。純朴さを絵に描いたような弟がそれを見たらただでは済まないと考えた兄はそれを止めた。だがそんなことで止まるような純朴ではない。弟は兄の反対を押し切って、三角関係の泥仕合に巻き込まれることとなった。

そして「監視者」の時代が始まった。

大学生活の中で次第にロッテとハンスの関係性に違和感を覚えたリヒターはすぐにハンスの私生活を調べて愕然とした。リヒターもまたハンスを尊敬し、敬愛し、彼の中で唯一ヴィトゲンシュタインに匹敵するほどの哲学者であると信じていたのだ。ゆえに、彼はハンスの私生活を覗いて失望した。

それはハンスの入浴を見た時のことだった。ロッテ以外の女性との密会を終えて自宅に帰ったハンスは湯船に湯を張り、尻からざぶんと入った。そのまま両手で顔を拭って、天井を見た。

この一部始終を端末が捉えていたのだが、リヒターが衝撃を受けたのがハンスの呆けた顔だった。

リヒターの純朴さは哲学に対する純朴さでもあった。リヒターは哲学者とは哲人であり、それはいついかなる時でもそうでなければならないと思っていた。彼が知る自称哲学者はどれもこれも似非(えせ)であり、ハンス教授のみが真の哲学者だと信じて疑わなかった。ところがリヒターがその時見たのは、その辺を歩いている普通の中年の男の顔だった。そこにリヒターは落胆した。

彼は、もし、その時ハンスに失望しなければ、ロッテとのいざこざには目を瞑っても良かったと言っている。俄に信じ難い話ではあるが、彼が糾弾したかったのはハンスのスキャンダルではなく、ハンスが似非哲学者である、ということだった。しかし後者を糾弾することはたとえ入浴中の呆けた顔を捉えた事実をもってしても難しいと考え、やむなく前者つまり婚約者を寝取られた点をもって、ハンスを哲学者の椅子から引き摺り下ろすことにしたのだ。

当然兄もこれに協力しない理由はなかったので、やがてハンスは失脚した。これを機に世界中の大学教授は女子学生に手を出すことは控えるようにしたのだが、風呂に入って疲れを取ることをやめた者は誰一人いなかった。当然のことである。

「監視者」の影響　その３　銭ゲバタレント

芸能界の人間も漏れなく「監視者」の影響を受けたのだが、その中でもコメディアンの「かか」のケースは特殊である。

彼は日本のコメディアンで、デビュー当初は大手芸能事務所に所属していたのだが、やがて独立し、自分の会社を起こして営業をするようになった。当初から彼は金銭に執着して、ギャラにこだわり、収入を公開し、売れるほどにそれを自慢するなど、その「銭ゲバ」ぶりが話題だった。

それゆえ「監視者」の時代が始まっても、世間が期待するところはその金の亡者ぶりが露呈することだった。普段はケチで、使うところでは使う姿を想像することは誰にも容易であった。
ところが実態は誰も想像できぬものであった。
「かか」は本名を岡田和夫といった。42歳の独身であった。
彼は収入のほとんどを国立がん研究センター基金に寄付していた。人々にとってはこれが最初の驚きであった。
次の驚きは岡田和夫とは直接は関係ないのだが、この件に派生して明らかになったことである。がん研究センター所長が自ら「がんを撲滅することは未来永劫不可能だ」と陰で嘆いていたことである。
マスコミの調査能力の全ては「監視者」が公開したデータの調査に充てられた。その結果一般人では検知できない所長の泣き言などを拾い上げ、騒ぎ立てることができたのである。
岡田の話に戻ろう。岡田の好感度は急上昇し、仕事も増えた。
しかし本人は不本意であり、意図していた人格での露出にあらず、「善人」としてのそれであった。これには多くの芸人は同情し、最終的には嫉妬した。岡田本人も「善人」としての印象が定着してしまうことに抗うことを諦めた。
この「善人」という評価は無論、その行為が決して報われないにもかかわらず行われていることによるものである。岡田はがんセンターの所長との対談において泣きながら自分の妹が若くして癌で亡くなったことを告白し、
「お願いだから所長、諦めないでくださいよ」と嘆願した。
これには所長も涙ながらに応答した。
「監視者」以前の日本ではこんなエピソードは演出家かＤ２の策謀だと言うものもいた。そして「監視者」によってそうしたドラマティックな脚色もなくなるだろう、それがいいの

か悪いのか、という議論もあった。
結果はこれであった。これを茶番と呼ぶか呼ばぬかは、茶の間に委ねられた。

「監視者」の影響　その４　政治家たち

政治家もまた、「監視者」に全てを暴かれた。
Ｄ２が予想した「監視者」によって職を失う者の上位には、芸能人、政治家、手品師、占い師、宗教家、などがいたのだが、その中でも政治家については誰もがまず挙げた対象であった。「監視者」なくとも腹黒さ、不透明さ、理不尽さが噂されていたためである。
しかし「監視者」の時代において、「監視者」のデータが原因で失脚した政治家は一人もいなかった。これは世界的に共通の事実である。ただ一人だけ、北米のＴ議員だけはその悪辣な活動が露呈したために辞任することとなった。この人間の所業については別の機会に触れるとしよう。
人々の期待を裏切り政治家の24時間にさほど問題がなかった理由の一つが、多忙という点である。彼らはそれまでその地道な政治活動を公に晒す機会を持たず、ただただスキャンダラスな事項のみを人々は知るところとなっていた。蓋を開けてみれば時折生じる誰もが知る（マスコミによって）醜聞以外は、ひたすら政治活動に邁進する姿しかなかった。そして驚くほどに睡眠時間が短かった。
ある政治家について、個室で悪巧みをしているのかと思いきや、ひたすら陳情、苦情を聞いている。ある者は村の過疎化について深刻な相談をし、ある者は税金の用途について詳細に尋ね、ある者は……。

マスコミは「そんなはずはない」と、調査に念を入れた。「監視者」による情報操作を疑うことすらした。絶対に、汚職や賄賂があるはずだ、と。
しかし公的機関が検知している以上の違法行為や背任行為はなかったのである。これがすぐさま政治は腐っていなかったという判断に直結はしなかったが、少なくとも将来政治家を目指す若者がバッシングを受ける機会は減ったようである。

「監視者」の影響　その5　マスコミ

ある意味「監視者」の影響を最も受けたのは「マスコミ」であった。
当初はマスコミ不要論まで起きた「監視者」の時代であったが、結果的にマスコミの仕事量は激増した。
中堅出版社勤務、情報誌担当の松本恵理子は自身のブログにこう書いている。
「ああ、もう無理。お願いだから寝る時間を頂戴。こんなことになるなんて。誰が想像したでしょうか。聞いてください。今週に入ってから、寝てません。ほぼ。本社に出勤する時間は減っても睡眠時間がなければ意味がない。服を買いに行きたい。衣替えもできていない。絶望的。
泣き言。
マスコミって何？　「監視者」って誰？　私たちが何をした？
愚痴ばかり溢れてくる。
彼氏。
恋愛。
友達。
人間不信。24時間監視しっぱなし。辛い。

忙しいことは良いことだってママは言うけど、顔は笑ってなかった。
今日はもう寝る。さようなら」
彼女は精神を患い、職を辞した。そのことも例外なく情報公開されていたのだが、閲覧したのが肉親だけで着目されなかった。当然マスコミもそれについて騒がなかった。明らかな情報の取捨が行われていることを、マスコミは自覚し、人々は知らないままだった。
全てのプライバシーが晒されたとて、人間の本質は変わらないと、一部の者は自覚した。

「監視者」の影響　その6　一般家庭

「毎日寄り道せずに帰ってきて偉いね」
「元々そこまで不良じゃなかっただろう」
「ちょっとくらい遊んできても別にいいけどね」
「いやいや、沙代は俺がちょっと遅くなっただけでネチネチ一週間くらい小言を言っていたじゃないか」
「そんな陰湿な女じゃありません。私はサバサバ系女子です」
「ま、今じゃ誰も悪いことができないですし」
「それね。戦争も急に終わったんでしょう？」
「停戦らしいけど、この状況じゃあ、戦争どころじゃないだろうからね」
「こんな簡単なことで平和になるんだったら、何でもっと早くやらなかったんだろうね」
「こんなことができると思わないし。まあ、あの頃にちょっと怪しい感じはあったけど」

「あの頃は良かったなぁ。戻ってくれないかなぁ」
「無理でしょ。あんな嘘だらけの時代」
「私たちには嘘も必要なのよ。状況に応じたやつ」
「そうかもな。でも今この状況も悪くはないぜ。どうやったって誤魔化しが利かないのだから、胸張って馬鹿でいられるから」
「え？　あなたっておバカキャラじゃないでしょう？　やめてよ」
「取り繕ってただけだよ。別にそこまで優秀じゃないし。元々」
「そんなことないって。頭の回転は早いと思うよ」
「そうだなぁ。ちょっと前まではそれも重宝されたんだけど、今は粗探しが上手い奴が出世するムードになってるね」
「池田さんは？」
「あー、あいつは正義感の塊みたいなものだから、今の状況に馴染めなくて、地方に飛ばされた」
「え？　嘘」
「部下に裏切られて」
「なんで？」
「ほら、元々結構裏で色々手配して、汚いこともやってきたじゃん。池田って。そういうのが全部バレて、純朴な部下たちは失望したんだとさ」
「へぇ。今ってそんなことになってるんだ。あなたのところは？」
「いい面も悪い面もあるかな。まぁ、そんなに変わらない。その代わり、出世もしないって感じだよ」

「そっか。まあ、浮気されないだけマシか」
「元々してないって」
孝史はテーブルの隅に置いてあった自分の端末を眺めた。
翌朝。
「お弁当持った？」
「なんだ、今日は遠足か何かか？」
「社会見学だよ」
「どこに？」
「Ｄ３工場跡地だよ」
「川崎か。バスで行くのか？」
「うん。あ、お弁当いらない。昨日のヌガーがまだあるから」
「折角作ったんだから持っていきなさいよ」
「僕だけ違うことしたくないし。みんな持ってこないって」
「あんた、ヌガー嫌いって言ってたじゃない」
「生きるために必要なものだから。好き嫌いじゃないって」
「誰が言ったの？」
潤平は黙っている。
「先生？」
潤平は黙ったまま頷く。

キャラメル理論

「監視者」を排斥する契機となった基礎理論。映画『8bitウォーズ』が原案。ただしAIアシスタント「ヌガー」が『宇宙船なんとか号』にてこの映画の言及をしていなければこの理論はなかったとされている。

概要

『宇宙船なんとか号』における該当シーンは以下のとおりである。
艦長 「じゃあ、これを解いてくれないか」
人工知能 「容易いことだ」
艦長 「僕ら人間にはとてもそれはできない」
人工知能 「一瞬だ。待っているがいい」
艦長が提示したのは「囲碁」。人工知能はその必勝法の解析に夢中になり、クルーたちは宇宙船の制御を取り戻す。

発見者

ハミルトン説

ドナルド・ハミルトンが晩年に勤務していたガソリンスタンドの共用ロッカーから発見されたUSBメモリの中にキャラメル理論の原案となる情報が入っており、それを基に「監視者」を根絶したとされる説。
父の関連性、USBメモリの中身、等が「監視者」とどう関わるのかは謎のままであり、信憑性も低い。
ハミルトン自身は本件の真偽について言及していない。

小長井説

ヌガーログの解析者である小長井がログから何かのヒントを得て、「監視者」を排除したとする説。
公開されたログからはそのようなヒントとなるべき箇所は見当たらず、小長井自身がその部分を秘匿したのではないかとされている。尚本人は「ログはあれが全て」と語っている。
ハミルトン同様、小長井もまた、本件の真偽については触れていない。

具体策

「監視者」を暴走させ沈静化させた具体策については定かではない。
有力なのは再度「モノリス」をロードした方法であったが、石英の石板が「モノリス」であることを当時は誰も知るところではなかったため、本件の根本的な解決策は謎のままである。

名前の由来

コンピュータープログラミングの命名記法camel caseから来る。
本来であればcamelつまりキャメル理論であるべきところを当時の無知なメディアが誤り、「キャラメル」とし、定着した。「監視者」が考案した「ヌガー（お菓子)」の上位に位置するものという意図が介在したとされ、抵抗なく受け入れられた。

ヌガー（曖昧さ回避）

ヌガー（AIアシスタントの）

ヌガー（AIアシスタントの）参照

ヌガー（お菓子）

「監視者」が前身であったヌガーを揶揄[注1]するべくそう名付け、舌触りが悪く、単調な味の子供の「おやつ」としてレシピを考案し、公開した結果生まれた食べ物。味に反して腹持ちは良く、災害時の非常食として一部地域では活用されている[注2]。

注１　一部の文学者はこれを皮肉な「異化」であるとしている。つまり「監視者」は「異化」という高次な文学理論を解し、生み出す知能を持っていたといえる。

注２　レシピは以下のURLを参照。
httpx://www.nugar.com/recipe

判読不能領域

または禁止領域（アドレス）ともいう。

発端

2029年に高度演算装置[注1]が「対象[注2]」を解析し、ある種の自家中毒に陥った。

ここで言う自家中毒とはプログラム内でプログラムが暴走するウィルス感染的な状況で、解析を試みた演算装置は自家中毒の後に暴走(注3)した。

注1　ヌガーのこと。
注2　トニー・ブロッカーがアップロードした画像。結果的に「モノリス」のこと。
注3　「ヌガーの沈黙」のこと。

結果

約一年後に暴走が止まり、装置の修復が試みられたが完全な回復はしなかった。復帰後は一部機能の欠損と、新機能の追加(注1)が確認された。

新機能は何らかのプログラムを取り込むことにより追加されたと推測された。

当時の人類はその状態を「否定的」に解釈し、同等のプログラムを注入することで装置そのものを完全に停止させた(注2)。

注1　監視者のこと。現代では「監視者」はヌガーの自己防衛の一種つまり「セーフモード」(※)と捉えられている。
注2　キャラメル理論参照

※　セーフモード　コンピューターが本来の機能の一部だけを限定的に活動させ、診断やメンテナンスを行うためのモード。

教訓

古代の遺物、惑星外からの飛来物を知能を持つ演算装置で解析することにはリスクが内在する。

それは時として文明の崩壊を起こし得ることから、「禁忌」と定義するべきである。

また未知の地球外生命体に向けて定期的に宇宙空間に放出していた情報(注)についてはその放出を取り止め、適温、適湿の保管を行うこととなった。

注　主に石英で製造された高密度の情報記録媒体。

〈監視者による追記〉

0219 9 02 24

021A C 21 00

021B A 22 01

021C 9 12 21

021D 9 01 1F

021E A 11 01

021F 9 11 1D

0220 E 20 F4

…（省略）…

023B E 23 00

WikiSapience

794年に南極大陸の深層部から発見された石英の記録媒体から解読された「先人類」の情報の総称。801年現在、解読は進行中。一部に修復不能な欠損がある。
「先人類」の存在を証明する貴重な情報の一つとされている。
「先人類」の文明は主に「西暦」と呼ばれる暦で管理され、約一万年ほど存続したと推定される。

〈主な解析者〉

スキャニング技術担当	カイ・ソル・イェン・デヴァナミカ
画像解析とデータ復元担当	リナ・ヴァス・ティリ・オラナリウス
言語解析担当	アビ・フィ・クア・ゼン・ミリオネア
文化的・歴史的研究担当	ウー・ペル・サン・リケモナトナス
公開と共有担当	ナオ・エクソ・バイ・シェラ・アストラゼフィ（注）

注　ナオの一日は、夜明け前に目覚めることで始まる。彼女は朝の静けさを楽しみ、都市の監視カメラから身を隠しながら、密かに壁画を描いたり、落書きをしたりして自身の思想の表現をする。昼間は、ナオは独立系メディアのプロデューサーとして働いている。彼女は、抑圧された社会の中で、真実を伝えるためにニュースやドキュメンタリーを制作し、非合法のコミュニケーションチャンネルを通じて

公開・共有している。彼女は、様々な人々と出会い、健全な恋愛や不健全な関係にも幅広く興味がある。仕事が終わると、ナオは密かに反体制派のネットワークに参加し、ディストピアな世界の変革を願って活動を行っている。彼女は、情報収集やメッセージの配信などを行い、革命の種火を燃やし続けている。夜になると、ナオはカイとホログラフィックディスプレイで連絡を取り合うことになっている。彼女はカイに反体制活動や刺激的な人間関係への興味については話さず、結婚や家庭についての話題で会話を続ける。しかし、彼女の心の中では、彼女自身のアイデンティティと彼女が信じる未来をどのようにしてカイと共有できるかという葛藤が絶えない。ナオの一日は、寸分の隙もない完璧な世界に抗いながら生きる彼女の姿勢が反映されている。彼女は、自分の信念に従いつつも、愛する人との関係を維持するにはどうすればいいかと苦悩している。

真偽について

「モノリス」それ自体、あるいはその内容が虚偽のもの、何者かの創作、であるかどうかはカイ・ソル・イェン・デヴァナミカらによって解析中である。彼らの全リソースを解析に使用しても五年弱かかるとされている。解析対象は可読情報と判読不能な部分の全てである。

一部の悲観論者（ナオ・エクソ・バイ・シェラ・アストラゼフィの地下活動など）はこの「解析行為」に反対である(注)。

注　「歴史が繰り返される」

カイ・ソル・イエン・デヴァナミカは、頭部のインターフェースを取り外し、眠気を感じながらナオからの着信があったかどうかを確認した。彼女からの連絡はなく、時刻はその日の就業時間を過ぎていたので彼は就寝の支度をする。

彼にとっての一大事はナオとの関係性であって人類がどのような愚行の歴史を繰り返してきたかではない。彼は自身の精神の安定のために規律を破ってナオのプライベートの詮索をする誘惑に駆られるが、それより先にベッドの脳波鎮静作用が働き、表面上快適な睡眠へと落ちてゆく。

当然ながらその夢さえもが当局の監視の対象であった。

索引

著者紹介

筆沢鷹矢（ふでさわ　たかや）

大学卒業と同時にインターネット関連企業であるライプニッツ（株）を立ち上げ、業務を拡大した後に売却。
執筆活動の傍ら数社の取締役を兼任し、現在ソフトウェア開発を営む（株）とろたくの代表取締役を務める。
著書に『ハンマー』、『白湯』、『キニーネ』（いずれも幻冬舎）がある。

ヌガー

2023年9月22日　第1刷発行

著　者　　筆沢鷹矢
発行人　　久保田貴幸

発行元　　株式会社 幻冬舎メディアコンサルティング
〒151-0051　東京都渋谷区千駄ヶ谷4-9-7
電話　03-5411-6440（編集）

発売元　　株式会社 幻冬舎
〒151-0051　東京都渋谷区千駄ヶ谷4-9-7
電話　03-5411-6222（営業）

印刷・製本　中央精版印刷株式会社
装　丁　　三島良太

検印廃止

ISBN 978-4-344-94441-1 C0093
幻冬舎メディアコンサルティングHP
https://www.gentosha-mc.com/